A Monsieur de Wailly
hommage de l'auteur

MÉMOIRE

SUR LA

THÉORIE DES BATTEMENTS.

APPLICATION

A L'ACCORD DE L'ORGUE ET DES AUTRES INSTRUMENTS.

PAR M. A.-J.-H. VINCENT.

(Extrait des *Annales de Chimie et de Physique*, 3e série, t. XXVI.)

PARIS,

BACHELIER, IMPRIMEUR-LIBRAIRE

DE L'ÉCOLE POLYTECHNIQUE, DU BUREAU DES LONGITUDES, ETC.,

Rue du Jardinet, 12.

1849

MÉMOIRE

SUR LA

THÉORIE DES BATTEMENTS.

APPLICATION

A L'ACCORD DE L'ORGUE ET DES AUTRES INSTRUMENTS.

PAR M. A.-J.-H. VINCENT.

(Extrait des *Annales de Chimie et de Physique*, 3e série, t. XXVI.)

PARIS,

BACHELIER, IMPRIMEUR-LIBRAIRE

DE L'ÉCOLE POLYTECHNIQUE, DU BUREAU DES LONGITUDES, ETC.,

Rue du Jardinet, 12.

1849

MÉMOIRE

SUR LA

THÉORIE DES BATTEMENTS.

APPLICATION

A L'ACCORD DE L'ORGUE ET DES AUTRES INSTRUMENTS.

PAR M. A.-J.-H. VINCENT.

§ I. — *Introduction.*

Ayant eu l'occasion d'étudier dans ces derniers temps les gammes antiques de la Grèce, très-différentes des nôtres en ce point, que les intervalles dont elles se composent y peuvent prendre une foule de valeurs différentes, j'ai dû m'occuper de la recherche des procédés propres à les reproduire avec justesse, ce qui est ici d'autant plus difficile que, d'une part, notre oreille n'y est point habituée, qu'elle y répugne même au premier abord, et, en outre, que la plupart de ces intervalles étant non-seulement dissonants, mais même discordants, il devient impossible de les soumettre aux procédés vulgaires de l'art de l'accordeur (1).

Aussi ma curiosité fut-elle vivement excitée lorsque j'appris que l'on possédait en Allemagne, que même on pratiquait à Paris, mais, pour ainsi dire, encore à l'état occulte, la solution de ce paradoxal problème :

(1) Mon intention n'est cependant pas de traiter le point spécial relatif à la musique ancienne, dans ce premier Mémoire où je n'ai voulu examiner que la théorie générale de Scheibler, et son application à la gamme diatonique moderne.

Rendre l'accord des instruments indépendant de la justesse de l'oreille musicale et le faire, en quelque sorte, *dépendre du sens de la vue* (1).

Je me mis en conséquence, sans plus tarder, à la recherche de cet important résultat, et je fus assez heureux pour m'en assurer bientôt la possession, avantage que je dois, du reste, à une circonstance favorable que j'expliquerai dans un instant. Quoi qu'il en soit, à la pratique il manquait une théorie que, pour ma satisfaction, je me mis en devoir de lui adjoindre; et c'est le résultat de ce travail que je présente aujourd'hui. J'ai pensé qu'on l'accueillerait avec quelque bienveillance, et cela pour deux raisons : la première, que la méthode dont il s'agit est fondée sur une curieuse branche de l'acoustique, dont il ne paraît pas que, jusqu'à ce jour, on ait tenté d'autre application; la seconde, que c'est une production originaire de l'Allemagne.

Je dirai donc, pour entrer en matière, qu'il y a une quinzaine d'années environ, un manufacturier en soieries de Crevelt en Prusse, nommé Scheibler, vint à Paris dans l'intention d'y faire connaître des expériences qu'il poursuivait depuis vingt-cinq ans avec une patience infatigable. Ces expériences avaient pour but d'arriver à déterminer, avec une précision jusqu'alors inconnue, suivant les expressions de l'auteur, le nombre absolu des vibrations correspondant à un son musical donné, et, par suite, à en déduire un moyen pratique, entièrement neuf, et aussi exact que facile, d'accorder les instruments de musique.

A cet effet, étant entré en communication avec divers

---

(1) Pour être juste, il est nécessaire de rappeler que l'on trouve dans l'*Harmonie universelle* du P. Mersenne (liv. VI, *des Orgues*, p. 367), cette phrase remarquable : « Si l'on peut reconnaître ces battements (que font » entre eux les sons discordants) sans l'oreille, elle ne sera pas nécessaire » pour accorder l'orgue. » Mais cela signifie-t-il que, pour bien accorder, il faut supprimer les battements, ou qu'il faut savoir les compter? C'est ce qu'il paraît assez difficile de décider.

savants, notamment avec Savart, il remit à cet illustre professeur un Mémoire qu'il désirait voir soumettre à l'Institut. Ces savants applaudirent au zèle de l'amateur allemand et entrevirent quelque chose de bon et d'utile dans ses idées; mais il ne paraît pas qu'ils y aient donné aucune suite. Savart trouva tout d'abord le travail qui lui était présenté, obscur et pour ainsi dire inintelligible; et il faut avouer que le reproche n'était pas tout à fait dépourvu de fondement. Depuis lors, notre savant physicien fit-il des efforts pour surmonter cette première et fâcheuse impression? ou bien ses travaux personnels ne lui laissèrent-ils pas le loisir de faire les recherches nécessaires pour éclaircir les difficultés qui se présentaient? c'est ce qu'il est impossible de dire. Quoi qu'il en soit, voici la seule trace que je trouve dans le domaine public, je veux dire en France, des travaux de Scheibler : c'est une mention insérée au *Bulletin de l'Académie des Sciences*, à la date du lundi 28 septembre 1835, article CORRESPONDANCE, et formulée en ces simples termes : « M. Scheibler réclame les Rapports » qu'on lui avait fait espérer sur divers Mémoires d'acous- » tique qu'il a soumis au jugement de l'Académie. »

Cependant, j'ai eu entre les mains, par suite des circonstances que j'ai déjà indiquées et que je préciserai tout à l'heure :

1°. *Mittheilung über das Wesentliche des* (*bei Baedeker in Essen erschienenen*) *musikalischen und physikalischen Tonmessers, von Henrich Scheibler*; Creveld, 1836. In-8° de 14 pages.

Communication sur ce qu'il y a d'essentiel dans le tonomètre musical et physique (mis au jour à Essen, chez Baedeker), par *H. Scheibler*, manufacturier en soieries à Crevelt; in-12 de 14 pages.

2°. Un manuscrit en français, de 30 pages, de la main de Scheibler, intitulé : *Résumé du livre* : le Tonomètre physical et musical, *ou la manière de mesurer et de reproduire* (*visiblement à l'œil*) *les vibrations absolues des tons simples et de combinaison par les battements et le pendule, ainsi qu'une méthode facile de tempérer l'orgue sur les mêmes principes ;* par Scheibler.

3°. Une feuille lithographiée, représentant les battements par une figure, avec une explication de douze lignes, en allemand, intitulée : *Stöss*, *Schwebung* (*Battement*).

4°. Un grand *Tableau*, en allemand, présentant les opérations à exécuter pour l'accord de l'orgue, d'après les calculs de l'auteur.

Je me suis procuré postérieurement :

5°. L'ouvrage auquel le premier ci-dessus fait allusion, intitulé : *Der physikalische und musikalische Tonmesser, etc., Erfunden und ausgeführt, von H. Scheibler, Seidenwaaren-Manufacturist in Crefeld. — Essen bei G.-D. Baedeker*, 1834, in-8° de VIII et 80 pages, plus une planche et 5 tableaux.

Le Phonomètre physique et musical, qui démontre par le balancier, d'une manière visible à l'œil, les vibrations absolues des tons (sons déterminés), les espèces principales des sons tempérés, ainsi que la justesse précise des accords par le tempérament égal. Essen, Baedeker, 1834, in-8.

6°. *Anleitung die Orgel unter Beibehaltung ihrer momentanen Höhe, oder nach einen bekannten* a, *vermittelst des Metronoms nach Stössen erwiesen, gleichschwebend zu stimmen*. 16 pages, plus le tableau mentionné ci-dessus 4°.

7°. *Anleitung die Orgel vermittelst der Stösse (vulgo Schwebungen), und des Metronoms, correct gleichschwebend zu stimmen*. 8 pages.

8°. Enfin un ouvrage mentionné dans l'*Acoustique* de Bindseil (Postdam, 1839), p. 621, ayant pour titre : *Ueber mathem. Stimmung, Temperatur und Orgelstimmung nach Vibrations-Differenzen oder Stössen*. 20 pages et une planche.

Quoi qu'il en soit, le fruit des utiles recherches de l'ingénieux manufacturier, mort depuis, courait donc toutes les chances possibles d'être oublié (1), s'il ne s'était trouvé dans son auditoire un amateur aussi zélé que profondément instruit dans la science musicale, qui, sans se laisser rebuter par la difficulté du sujet ni l'obscurité de l'exposition, ne craignit pas d'entreprendre la rédaction de cette intéressante méthode, et parvint à la rendre parfaitement intelligible. C'est à ce premier travail de M. Lecomte, mon ami, déjà connu par plusieurs bons écrits sur la philosophie musicale, et aux développements oraux qu'il a bien voulu y joindre, que je dois l'avantage de me trouver initié à cette curieuse théorie, et de pouvoir la réduire ici à une forme scientifique.

Avant d'entrer en matière, il est nécessaire de rappeler l'expérience de Tartini, laquelle consiste en ceci, que

Si deux sons, représentés par les nombres $\mathfrak{u}$ *et* $\mathfrak{u}'$, *c'est-à-dire correspondant aux deux nombres de vibrations* $\mathfrak{u}$ *et* $\mathfrak{u}'$, *sont produits simultanément, on entend, en même temps qu'eux, un troisième son, nommé* SON RÉSULTANT, *représenté par le plus grand commun diviseur des nombres* $\mathfrak{u}$ *et* $\mathfrak{u}'$.

D'où il suit, comme cas particulier et cependant assez ordinaire, que si u et u' sont premiers entre eux, le son résultant sera représenté par *l'unité* (2). Ceci suppose toutefois que le nombre de vibrations représenté par ce plus grand commun diviseur, ne tombe pas au-dessous de la limite grave

(1) C'est après avoir écrit ceci que j'ai appris de M. Marloye, l'habile acousticien connu des lecteurs, que M. Wolfel pratiquait la méthode de Scheibler, ou du moins une méthode équivalente, à l'aide d'un tonomètre qu'il s'est lui-même fabriqué: j'y reviendrai plus loin. Je dirai seulement ici que M. Lecomte et moi nous étant présentés chez lui sans qu'il nous connût, nous avons trouvé en lui, non-seulement un constructeur des plus distingués, mais un savant affable, qui a mis à nous faire connaître des appareils et des procédés qui lui appartiennent en propre, la plus exquise obligeance.

(2) On doit en même temps entendre tous les harmoniques de celui-ci, et même on ne peut entendre que ces derniers dans le cas d'exception signalé ci-dessus.

des sons appréciables à l'organe de l'ouïe: car, dans ce cas, on n'entend qu'une suite de battements; encore faut-il, pour que l'oreille puisse distinguer et compter ces battements, qu'ils ne soient ni trop distants ni trop rapprochés. Lorsqu'il y a moins d'un battement par seconde, les coïncidences sont trop éloignées pour pouvoir être comptées commodément. A un battement par seconde, on distingue assez bien le moment de faiblesse et le coup de force. Lorsque les battements sont plus rapprochés, par exemple de 2 à 6, on ne remarque alors que les coups de force, et l'on ne compte que les battements. Enfin, au delà de 6, on n'entend plus qu'un son à peu près égal et continu. Le nombre de 4 battements par seconde, résultant d'une différence de 8 vibrations sur l'unisson (comme on le verra plus loin), est celui qui se trouve dans les conditions les plus avantageuses.

Ainsi, *alternatives de force et de faiblesse, battements, sons résultants,* sont un seul et même phénomène, ne différant de lui-même que par la rapidité d'action de la cause productrice, c'est-à-dire par la multiplicité, dans un temps donné, des ondes alternativement condensées et dilatées qui résultent de la composition des ondes concourantes. Chaque battement est un coup de force, et a lieu au moment du maximum de condensation de l'*onde résultante*, c'est-à-dire au moment où coïncident les ondes condensées *composantes*. Pour plus de clarté, nommons *pulsation* l'ensemble des deux vibrations consécutives correspondant aux deux ondes, alternativement condensée et dilatée; et alors chaque battement correspondra à une pulsation.

Le nombre de 4 battements ou de 4 pulsations par seconde ou à peu près, un peu plus ou un peu moins, est, comme nous l'avons dit, celui qui paraît présenter les conditions les plus favorables à l'observation et à l'étude du phénomène.

Dans le cas où les deux sons producteurs diffèrent peu de

l'unisson, il est clair que les coïncidences des ondes à la fois condensées ou à la fois dilatées se trouvent très-distantes les unes des autres; d'où il suit que deux sons voisins de l'unisson ne peuvent donner de son résultant, et ne produisent jamais que des battements : et il est facile de voir que pour chaque différence d'*une* pulsation dans ces sons comparés, il y aura *une* coïncidence d'ondes condensées, et, par conséquent, *un* battement.

§ II. — *Loi des battements produits par deux sons discordants.*

Ces préliminaires étant établis, cherchons le moyen de résoudre, par des observations de battements, la question principale que nous avons en vue, c'est-à-dire d'établir une méthode pour apprécier le degré de justesse des intervalles consonnants, et, par suite, pour accorder les instruments avec précision. Mais il faut, avant d'arriver là, établir, pour toutes les consonnances usitées, le nombre de battements que produit une altération d'un nombre donné de vibrations, en plus ou en moins, sur l'un ou sur l'autre des deux sons qui sont censés être en consonnance.

Or ce nombre de battements est soumis à une loi que l'auteur n'énonce pas, qu'il applique d'une manière purement empirique en suivant d'instinct une marche fort obscure, mais que l'on peut cependant formuler ainsi :

Théorème.

Soit m : n *le rapport irréductible des deux nombres de vibrations qui constituent une certaine consonnance; pour obtenir, par l'altération de cette consonnance, un battement dans un temps donné, il faut, pour chaque intervalle égal à ce temps, augmenter ou diminuer, soit le nombre de pulsations* km *correspondant, pour ce même temps, au premier des deux sons donnés, de la fraction* $\frac{1}{n}$, *soit le nombre* kn *de la fraction* $\frac{1}{m}$.

Au premier abord, cette proposition présente toute l'apparence d'un paradoxe; car, le battement étant produit par la coïncidence des ondes condensées appartenant à chacun des deux sons, comment concevoir que cette condition soit remplie lorsque le nombre km de pulsations du premier son sera simultané avec le nombre $\left(kn \pm \frac{1}{m}\right)$ du second, ou le nombre kn du second avec le nombre $\left(km \pm \frac{1}{n}\right)$ du premier? Ce doit être là, si je ne m'abuse, le fait qui aura rebuté Savart et les autres savants désireux de pénétrer cette théorie : mais j'espère que le paradoxe va s'expliquer; et, à cet effet, je distinguerai plusieurs cas.

Premier cas. — Soit $n = 1$. Supposons que l'on veuille produire un battement dans un temps donné, par exemple dans une seconde, en altérant, en plus ou en moins, le son aigu qui est ici représenté par m. Soient alors k le nombre de pulsations du son grave, et km celui du son aigu; il est clair qu'en produisant sur celui-ci l'altération nécessaire pour lui faire faire $(km \pm 1)$ pulsations, tandis que le son grave continue à en faire k, c'est-à-dire dans une seconde, on détruira toutes les coïncidences antérieures, et l'on n'aura plus que la dernière. Or il est évident, d'après les explications données au § I, que cette coïncidence, ainsi isolée, produira un battement. Il n'y a pas besoin d'autre explication pour ce premier cas.

Deuxième cas. — Soit toujours $n = 1$; mais supposons que l'altération doive porter sur le son grave, et que l'on veuille de même, par cette altération, produire un battement au bout de chaque seconde. Alors il faut ramener le nombre des pulsations du son aigu, c'est-à-dire $(km \pm 1)$, à km, et faire varier l'autre nombre k proportionnellement au premier. Or on a

$$\frac{km \pm 1}{k} = \frac{km}{k} \cdot \frac{km \pm 1}{km} = \frac{km}{k}\left(1 \pm \frac{1}{km}\right)$$

$$= \frac{km}{k\left(\frac{1}{1 \pm \frac{1}{km}}\right)} = \frac{km}{k\left(1 \pm \frac{1}{km} + \frac{1}{k^2m^2} \mp \frac{1}{k^3m^3} + \cdots\right)}$$

$$= \frac{km}{k \mp \frac{1}{m} + \frac{1}{km^2}\left(1 \mp \frac{1}{km} + \frac{1}{k^2m^2} \cdots\right)},$$

ou enfin, en négligeant la série qui multiplie la fraction $\frac{1}{k}$ nécessairement très-petite,

$$\frac{km \pm 1}{k} = \frac{km}{k \mp \frac{1}{m}},$$

très-approximativement.

Le théorème se trouve ainsi démontré pour ce second cas.

Il est bien clair toutefois, 1° que l'altération indiquée comme devant produire le battement n'est qu'approximative, comme je viens de le dire; 2° que le battement n'a pas lieu rigoureusement au bout d'une seconde de temps, mais véritablement à la fin de la $k^{ième}$ pulsation du son grave. Cependant, l'erreur commise sur le temps n'étant ainsi que d'une fraction de la durée de cette même pulsation, c'est-à-dire d'une fraction qui se compte par centième ou par millième de seconde, est tout à fait inappréciable et insensible : et telle est la solution du paradoxe.

(Une observation analogue est applicable au cas suivant; mais il nous sera permis de la sous-entendre.)

Troisième cas. — m et n sont quelconques, et l'on peut supposer $m > n$ ou $m < n$ indifféremment. Alors il suffit d'altérer un des deux nombres km ou kn, à volonté; la démonstration servira également pour le son aigu et pour le son grave, sans avoir besoin d'être répétée.

Avant d'aborder ce troisième cas de la question, je poserai ce petit problème :

Une longueur donnée l *étant supposée divisée, d'une part en* m *parties égales par des points noirs* M, M′, M″,..., *et, d'autre part, en* n *parties égales par des points rouges* N, N′, N″,...; *on demande quels sont les deux points, l'un noir, l'autre rouge, qui sont les plus rapprochés l'un de l'autre* (on suppose m et n premiers entre eux).

Solution.— En appelant a la longueur de chaque partie aliquote de la première espèce, b chaque partie de la seconde, on a $l = ma = nb$, ou $\frac{m}{n} = \frac{b}{a}$. Si un point noir pouvait coïncider avec un point rouge, en nommant m' et $(m - m')$, n' et $(n - n')$, les nombres de divisions pour lesquels aurait lieu cette coïncidence, on aurait aussi $m'a = n'b$ et $(m - m')\, a = (n - n')\, b$, d'où $\frac{m'}{n'} = \frac{b}{a} = \frac{m}{n}$. Or, cela étant impossible d'après l'hypothèse, il s'agit simplement de trouver une fraction $\frac{m'}{n'}$ qui approche le plus possible de $\frac{m}{n}$. Pour cela, supposons que l'on réduise $\frac{m}{n}$ en fraction continue; il résulte des propriétés connues des nombres de cette forme, que la dernière réduite étant la fraction $\frac{m}{n}$ elle-même, l'avant-dernière $\frac{m'}{n'}$ sera la fraction cherchée.

Arrivons maintenant à la question principale, et soit, comme plus haut, $m : n$ le rapport des nombres de vibrations correspondant à une consonnance donnée; soit, de plus, $\frac{m'}{n'}$ la dernière réduite de la fraction $\frac{m}{n}$ mise sous forme de fraction continue. Remplaçons les deux nombres de pulsations km et kn qui ont lieu dans le même temps, par exemple dans une seconde, respectivement par les nombres $(km + m')$ et $(kn + n')$. Alors, si ces deux nouveaux nombres de pulsations ont lieu dans le même temps de *une seconde*, toutes les coïncidences qui avaient lieu antérieurement et produisaient la consonnance $\frac{m}{n}$, seront détruites, et elles seront remplacées par *une* seule coïncidence, qui, tombant à la fin de la dernière pulsation devenue seule commune aux deux sons pour la même durée de *une* seconde, produira ainsi *un* battement au bout de cet intervalle de temps; mais alors il reste à réduire convenablement le rapport $\frac{km + m'}{kn + n'}$, de manière qu'un seul des deux sons se trouve altéré. Supposons que l'on veuille faire porter l'altération sur le numérateur seul, de manière à ramener le dénominateur à kn, ce qui revient à ramener le son qui lui correspond à sa hauteur primitive; c'est à quoi nous parviendrons en effectuant les transformations qui suivent :

$$\frac{km + m'}{kn + n'} = \frac{km + m'}{kn} \cdot \frac{kn}{kn + n'} = \frac{km + m'}{kn} \cdot \frac{1}{1 + \frac{n'}{kn}}$$

$$= \frac{km + m'}{kn}\left(1 - \frac{n'}{kn} + \frac{n'^2}{k^2 n^2} - \frac{n'^3}{k^3 n^3} + \ldots\right)$$

$$= \frac{1}{kn}\left[km + \frac{1}{n}(nm' - mn') - \frac{n'}{kn^2}(nm' - mn') + \frac{n'^2}{k^2 n^3}(nm' - mn') \ldots\right]$$

$$= \frac{1}{kn}\left[km + \frac{1}{n}(nm' - mn')\left(1 - \frac{n'}{kn} + \frac{n'^2}{k^2 n^2} - \frac{n'^3}{k^3 n^3} + \ldots\right)\right].$$

Maintenant, puisque $\frac{m'}{n'}$ est la réduite qui précède $\frac{m}{n}$, on a $nm' - mn' = \pm 1$; et alors l'expression précédente se réduit à

$$\frac{1}{kn}\left[km \pm \frac{1}{n}\left(1 - \frac{n'}{kn} + \frac{n'^2}{k^2 n^2} - \frac{n'^3}{k^3 n^3} + \ldots\right)\right];$$

d'où résulte, en réduisant à son premier terme ou à l'unité

la série très-décroissante qui multiplie la fraction $\frac{m}{n}$,

$$\frac{km + m'}{kn + n'} = \frac{km \pm \frac{1}{n}}{kn},$$

très-approximativement.

Il faut donc, conformément à l'énoncé de la proposition générale, augmenter ou diminuer le nombre de pulsations km, de la fraction $\frac{1}{n}$, pour avoir un battement. Il en serait de même pour le nombre kn, qu'il faudrait augmenter ou diminuer de $\frac{1}{m}$. On peut présenter l'énoncé du théorème précédent sous cette forme plus générale :

Pour avoir le nombre de battements produits dans un temps donné, par deux sons qui se trouvent à peu près en consonnance, multipliez le nombre des pulsations qui altèrent celui des deux sons que vous regardez comme trop haut ou trop bas, par le terme du rapport de consonnance qui correspond au son supposé exact. — Ce terme multiplicateur, nous le nommerons le *coefficient de la consonnance :* chaque consonnance a deux coefficients entre lesquels il faut choisir, suivant que l'on veut altérer le son aigu ou le son grave.

Corollaire. — Le nombre absolu des vibrations de chacun des deux sons n'entre pour rien dans le résultat : ainsi, le nombre de battements est le même quel que soit le degré d'acuité ou de gravité des deux sons ; il ne dépend que de l'espèce de la consonnance et de la valeur absolue du nombre des pulsations qui l'altèrent ; il est aussi le même, que l'altération soit en plus ou qu'elle soit en moins.

Réciproquement : *Étant donné le nombre des battements produits par une consonnance altérée,* il est facile de *déterminer le nombre de pulsations que chacun des deux sons fait de plus ou de moins que le nécessaire : pour cela, divisez le nombre des battements par le terme du rapport qui correspond au son regardé comme juste.*

Quant à dire si l'altération est en *plus* ou en *moins*, c'est une chose très-facile, pourvu toutefois que l'on y apporte du sentiment et de l'habitude.

Mais ce n'est pas tout: on peut prouver, comme complément de la proposition précédente, que si l'on ajoute un petit nombre α à l'un des termes du rapport $\frac{km}{kn}$, de manière, par exemple, à produire le rapport $\frac{km+\alpha}{kn}$, et que l'on cherche le plus grand diviseur commun aux deux termes de cette nouvelle expression, on arrivera, par la suite des opérations, à un reste $r = n\alpha$ très-petit relativement au diviseur correspondant, lequel sera approximativement égal à k.

En effet, on doit évidemment arriver à une réduite $\frac{m}{n}$; supposons-la précédée de ces deux autres $\frac{m'}{n'}$, $\frac{m''}{n''}$: on aura

$$m = m'q + m'', \qquad n = n'q + n'';$$

d'où

$$\frac{m}{n} = \frac{m'q + m''}{n'q + n''}.$$

Pour reproduire $\frac{km+\alpha}{kn}$, il suffit de tenir compte du reste correspondant à q; soient r ce reste et d le diviseur: on aura

$$\frac{km+\alpha}{kn} = \frac{m'\left(q+\frac{r}{d}\right)+m''}{n'\left(q+\frac{r}{d}\right)+n''} = \frac{m+\frac{m'r}{d}}{n+\frac{n'r}{d}},$$

ou plutôt

$$\frac{km+\alpha}{kn} = \frac{md+m'r}{nd+n'r} = \frac{m\left(d+\frac{n'r}{n}\right)+\left(m'-\frac{mn'}{n}\right)r}{n\left(d+\frac{n'r}{n}\right)};$$

ce qui fait voir d'abord que

$$k = d + \frac{n'r}{n}.$$

Ensuite, quant à la quantité

$$m' - \frac{mn'}{n},$$

elle se transforme en

$$\frac{nm' - mn'}{n} = \pm\frac{1}{n};$$

donc

$$\frac{km+\alpha}{kn} = \frac{km \pm \frac{r}{n}}{kn};$$

donc

$$\pm\alpha = \frac{r}{n},$$

d'où

$$r = \pm n\alpha.$$

Soient pour exemple

$$m = 8, \quad n = 5, \quad k = 660, \quad \alpha = 3;$$

d'où

$$\frac{km+\alpha}{kn} = \frac{5283}{3300} = \frac{8.660+3}{5.660}.$$

On trouve, en opérant :

	1	1	1	1	$1 + \frac{15}{651}$
5283 1983	3300 1317	1983 666	1317 651	666 15	651
	$\frac{1}{1}$	$\frac{2}{1}$	$\frac{3}{2}$	$\frac{5}{3}$	$\frac{8}{5}$

d'où

$$d = 651, \quad r = 15, \quad m' = 5, \quad n' = 3.$$

Vérification :

$$\frac{5\left(1+\frac{15}{651}\right)+3}{3\left(1+\frac{15}{651}\right)+2}=\frac{8.651+5.15}{5.651+3.15}=\frac{8\left(651+\frac{3.15}{5}\right)+\frac{15}{5}}{5\left(651+\frac{3.15}{5}\right)}$$

$$=\frac{8(651+9)+3}{5(651+9)}=\frac{8.660+3}{5.660}.$$

De là résulte cette conséquence remarquable, que

Pour tout nombre $\alpha \pm$ *de pulsations ajouté à* km, *dans un temps donné, sur la consonnance* $\frac{m}{n}$, *le petit reste obtenu dans le cours de la réduction en fraction continue, du rapport* $\frac{km \pm \alpha}{kn}$, *est précisément égal au nombre de battements produits dans le même temps par suite de l'altération.*

Scheibler explique les résultats obtenus dans ce paragraphe, au moyen de ce qu'il nomme des *tons de combinaison;* mais sa théorie, en tant qu'on la considérerait comme fondée sur une pareille base, est entièrement fausse : le principe qui le guide réellement, à son insu, n'est autre que la détermination du plus grand diviseur commun entre les deux nombres de vibrations d'où résulte la consonnance qu'il considère. Les divers restes successifs auxquels donne lieu l'opération, sont pris par l'auteur comme des nombres de vibrations effectives constituant ces prétendus tons de combinaison qui ne peuvent être autre chose que les harmoniques, soit du son résultant, soit de la succession des battements qui en tiennent lieu (1).

(1) Notons toutefois les assertions de l'auteur : « Avec les fourchettes, » il distingue fort bien les tons de combinaison, mais non pas à l'orgue ; » et par contre, il distingue bien à l'orgue les battements de la tierce » mineure qui a cinq tons de combinaison, tandis qu'aux fourchettes,

§ III. — *Usage du métronome pour mesurer le nombre des battements produits dans un temps donné.*

Dans ce qui précède, nous avons constamment supposé que l'on savait mesurer exactement le nombre des battements produits dans une seconde. C'est un point dont il faut maintenant nous occuper.

Pour obtenir cette mesure, on emploie un *métronome*, c'est-à-dire un petit pendule composé d'une règle plate et d'un poids mobile servant à régler ses oscillations.

La règle plate est graduée depuis le n° 40 jusqu'au n° 90, pour indiquer le nombre de mouvements (de 40 à 90) qu'il exécute dans une minute : de sorte qu'au n° 60, il fait une oscillation par seconde. La graduation porte les dixièmes.

Ainsi, lorsque le métronome est au n° 60, et que, pendant la durée d'une oscillation, on entend 4 battements, cela prouve qu'il se produit 4 battements par seconde.

Pour des battements d'une vitesse donnée, quel que soit le numéro du pendule (ce numéro est arbitraire), *le nombre des battements qui ont lieu pendant chaque oscillation, multiplié par le numéro du pendule* (qui n'est autre que le nombre d'oscillations par minute), *donne toujours pour produit le nombre de battements par minute.* Et pour deux sons voisins de l'unisson, ce même produit indique encore le nombre de pulsations de plus ou de moins que fait l'un des sons par rapport à l'autre, pendant une minute de temps.

Pour faciliter l'observation, il faut toujours placer le poids curseur sur un numéro tel, qu'il en résulte un nombre exact de battements par chaque oscillation.

» il distingue assez difficilement les battements des intervalles de trois tons » de combinaison. »

Il dit ailleurs que « les tons graves de combinaison de la tierce mineure » et de la sixte majeure sont aux fourchettes encore plus distincts que les » autres, et que c'est peut-être parce que leur ton n'est aucun des deux » tons d'intervalle qui les font naître. »

Scheibler réduisait généralement ses calculs au cas le plus commode de *quatre* battements par chaque oscillation du métronome. Pour deux sons voisins de l'unisson, le numéro marqué par le métronome se trouve ainsi égal au *quart* du nombre de pulsations de plus ou de moins par minute, et à 15 fois le nombre de pulsations de plus ou de moins par seconde, de sorte que chaque unité de la graduation correspond à un *quinzième* de pulsation par seconde. De là, pour simplifier les calculs, Scheibler se trouva conduit à évaluer les degrés d'acuité et de gravité des sons, non en nombres de vibrations, mais, suivant son expression, en *degrés de pendule* dont chacun était le *quinzième* d'une pulsation, ou bien, ce qui est la même chose, dont chacun était à une simple vibration dans le rapport de 1 à $7\frac{1}{2}$. Ainsi, au lieu de dire : telle note correspond à 880 vibrations par seconde, il disait qu'elle avait 6600 degrés de pendule.

Ainsi, en règle générale, *Pour réduire en nombre de pulsations ou de doubles vibrations un nombre donné de degrés, divisez par* 15.—Et réciproquement: *Pour réduire en degrés un nombre de pulsations, multipliez par* 15. — *Si, au lieu de pulsations, on veut compter par vibrations simples, il faut substituer le nombre* $7\frac{1}{2}$ *au nombre* 15 (1).

« En comparant la vitesse des battements pendant 50 à » 60 secondes, dit l'auteur, avec les mouvements du mé- » tronome de tel ou tel numéro, on distingue assez bien

(1) Il eût peut-être mieux valu prendre pour *unité*, et ainsi nommer *degré*, le *soixantième* de pulsation. Alors, le nombre de degrés eût été le produit même du nombre de battements correspondant à chaque oscillation du pendule, multiplié par le numéro du pendule, au lieu d'être le quart de ce nombre : les calculs eussent été encore plus simples. L'auteur, prévoyant sans doute l'objection, répond, à la vérité, qu'il eût alors fallu ramener le tout au cas d'un seul battement par chaque oscillation du pendule; d'où la nécessité de quadrupler le nombre des fourchettes, et, par suite, difficulté bien plus grande d'obtenir des mouvements corrects et des mesures exactes. Quant à nous, ne proposant qu'un procédé de calcul légèrement différent, et ne portant nullement sur les expériences, nous avouons n'être pas frappé de l'évidence des raisons alléguées par l'auteur.

» si 4 battements ont lieu au n° 60 ou au n° 60,1. On » distingue donc une différence d'*un dixième* de degré de » pendule ou de $\frac{1}{75}$ de vibration, et cela aussi bien sur un » ton de 500 que sur un ton de 100. »

Il ajoute que la somme des erreurs qu'il commettait sur toute l'étendue d'une octave, en procédant par les demi-tons successifs, ne dépassait jamais 28 *centièmes* de vibration.

§ IV. — *Applications diverses de la théorie précédente.*

Comme exemple des applications que l'on peut faire des principes qui viennent d'être démontrés, nous résoudrons ici diverses questions.

Convenons d'abord d'une notation pour désigner les divers degrés de l'échelle générale des sons.

Nous nommerons simplement *la* le *la* diapason; et nous le désignerons dans l'écriture par LA.

Nous affecterons de l'indice supérieur 1, l'octave des sons qui suivent à l'aigu, si^1, ut^1, ut^{*1},..., jusqu'à la^1 inclusivement; puis de l'indice supérieur 2, les sons de l'octave suivante $si^{\flat 2}$, si^2, ut^2,..., jusqu'à la^2 inclusivement; et ainsi de suite.

Maintenant, revenant au LA diapason, nous affecterons de l'indice inférieur 1, les sons de l'octave grave sol_1 fa^*_1, fa_1,..., jusqu'à la_1; puis de l'indice inférieur 2, les sons de l'octave suivante, toujours en suivant au grave, sol^*_2, sol_2, fa^*_2,..., jusqu'au la_2, et ainsi de suite.

Par exception à ce qui vient d'être convenu, et pour simplifier, comme presque tous les calculs de la théorie suivante portent sur les notes de la première octave descendante LA — la_1, on trouvera souvent les notes de cette octave, savoir : sol^*_1, sol_1, fa^*_1,..., jusqu'à si_1, $si^{\flat}_1$, représentées sans l'indice inférieur 1 qui les caractérise (1).

---

(1) Il est bon, afin d'éviter une équivoque, de rejeter l'emploi des dési-

Les notes qui ne différeront que par un petit nombre de vibrations, des notes de l'échelle normale (telles sont, entre autres, les notes dont on se servira, dans ce qui suit, sous le nom d'*auxiliaires*), seront désignées par les mêmes notations que les notes correspondantes de cette échelle; mais en les citant, nous indiquerons les nombres de vibrations, de pulsations, ou de degrés, qui les caractérisent.

Nous prendrons, avec Scheibler, le *la* de 440 pulsations, ou 880 vibrations, ou (pour parler comme lui) de 6600 degrés de pendule, pour le *la* ou diapason normal (nous expliquerons plus tard la raison de cette préférence) : c'est donc ce *la* que nous désignerons spécialement par la notation LA; mais les notes qui en seront suffisamment voisines, prises, comme nous venons de le dire, pour servir accidentellement de diapason, recevront la même notation; seulement nous aurons soin d'en indiquer l'écart.

Cela posé, passons aux questions que nous nous sommes proposé de résoudre.

PREMIÈRE QUESTION.

De combien de pulsations par seconde (1) *faut-il altérer, en plus ou en moins, l'un des termes des 12 consonnances usitées, pour produire un battement dans ce même temps? —* Et réciproquement : *Combien de battements obtiendra-t-on en altérant d'une pulsation en plus ou en moins, l'un des deux termes?* (Voyez le tableau n° I.)

---

gnations *la** et *la*^{b} pour les demi-tons voisins d'un *la* quelconque, en leur préférant, ce qui est presque toujours possible sans inconvénient, puisqu'il est ici question exclusivement de la gamme tempérée, les notations *si*^{b} et *sol**. On doit voir, en effet, que si l'on procédait autrement, les *la** dans les octaves ascendantes, et les *la*^{b} dans les octaves descendantes, n'auraient point les mêmes indices que les *la* dont ils ne seraient cependant que des altérations.

(1) Ce serait la même chose pour un autre temps quelconque pris pour terme de comparaison; nous disons *une seconde* pour fixer les idées. Dans tout ce qui suivra, lorsqu'on ne désignera pas le temps, c'est toujours la seconde qu'il faudra sous-entendre.

Exemple. — 1°. De combien faut-il descendre le la_2 de 110 pulsations pour que, ainsi altéré, il fasse avec le LA *diapason* de 440 pulsations, 2 battements au n° 80?

Réponse : Comme 2 battements au n° 80 égalent $2\frac{2}{3}$ battements au n° 60, il faut diviser $2\frac{2}{3}$ par 4, ce qui donne $\frac{2}{3}$ de pulsation; donc le la_2 demandé aura $109\frac{1}{3}$ pulsations. (On aurait le même résultat avec le la_2 de $110\frac{2}{3}$ pulsations.)

2°. Combien de battements par seconde produirait un la_1 de 220 pulsations avec un mi_1 de 332?

Réponse : $220 \times \frac{3}{2} = 330$; retranchant de 332, on a 2, qu'il faut multiplier par 2. Donc on aura 4 battements par seconde.

DEUXIÈME QUESTION.

Étant donné le la_1 *de* 220 *pulsations et les notes ascendantes qui font avec lui les consonnances de tierce, quarte, quinte, sixte :*

1°. *De combien faudra-t-il altérer ces dernières pour qu'elles fassent avec le* la *donné* 1 *battement par seconde?*

Et — 2°. *Combien de battements par seconde les notes ainsi altérées feront-elles avec le* LA *de* 440 *pulsations?*

La réponse est dans le tableau n° II.

Exemple. — 1°. Le *ré* de 293 pulsations par seconde, quarte aiguë du la_1 de 220, et qui est à ce *la* dans le rapport de 4 : 3, doit être altéré de $\frac{1}{3}$ de pulsation pour faire 1 battement par seconde.

2°. Et comparé au LA de 440 pulsations, qui en est à la quinte aiguë, dans le rapport de 3 : 2, il fait avec lui 1 battement par seconde.

Première remarque. — Soit $\frac{m}{n}$ une consonnance; m et n étant premiers entre eux, et tous deux impairs, $\frac{m \cdot 2^p}{n}$ et $\frac{m}{n \cdot 2^p}$ représenteront la même consonnance redoublée successivement, à l'aigu ou au grave, à une octave quelconque de rang p.

Le nombre des pulsations en plus ou en moins, nécessaires pour produire un battement, sera :

	pour la corde aiguë	pour la corde grave
sur la consonnance $\frac{m}{n}$	$\frac{1}{n}$	$\frac{1}{m}$
$\frac{m.2^p}{n}$	$\frac{1}{n}$	$\frac{1}{m.2^p}$
$\frac{m}{n.2^p}$	$\frac{1}{n.2^p}$	$\frac{1}{m}$.

Et réciproquement, le nombre des battements produits par une pulsation de plus ou de moins sera :

	pour la corde aiguë	pour la corde grave
sur la consonnance $\frac{m}{n}$	n	m
$\frac{m.2^p}{n}$	n	$m.2^p$
$\frac{m}{n.2^p}$	$n.2^p$	m.

D'où l'on peut conclure que :

Étant donnés une consonnance simple (c'est-à-dire dans les termes de laquelle n'entre point le facteur 2) et le nombre de battements correspondant à une altération, en plus ou en moins, d'un nombre donné de pulsations sur l'un de ces deux termes : 1° ce nombre de battements restera le même pour toutes les octaves aiguës si l'altération porte sur la corde aiguë, et pour toutes les octaves graves s'il s'agit de la corde grave ; 2° dans le cas opposé (c'est-à-dire pour les octaves graves quand l'altération porte sur la corde aiguë, ou pour les octaves aiguës quand l'altération porte sur la corde grave), le nombre de battements pour un nombre donné de pulsations se multiplie comme l'octave, et le nombre de pulsations pour un nombre donné de battements varie en raison inverse de l'octave.

Voyez, tableau n° I, l'application de ces principes : 1° à l'unisson, à l'octave, et à la double octave; 2° à la tierce majeure, à la dixième, et à la dix-septième; 3° à la quinte et à la douzième.

Deuxième remarque. — Supposons que l'on partage l'octave en deux consonnances, représentées respectivement par les deux fractions $\frac{m.2^p}{n}$ et $\frac{n}{m.2^{p-1}}$. Alors, de deux choses l'une : ou le ton intermédiaire est représenté par n, et les extrémités de l'octave par $m.2^p$ et $m.2^{p-1}$; ou le son intermédiaire est représenté par $m.2^p$, et les extrêmes par $2n$ et n. Dans le second cas, une altération sur la note moyenne produira avec les extrêmes des nombres de battements identiques (*voyez* au tableau n° II les exemples de l'*ut*, du *ré*, du *fa*). Dans le premier cas, au contraire, les nombres de battements produits par la note moyenne avec les extrêmes seront doubles l'un de l'autre : exemples de l'*ut**, du *mi* et du *fa**.

TROISIÈME QUESTION.

Supposons que l'on fasse un la *auxiliaire en haussant le* la_1 *de manière qu'il fasse avec le* LA 2 *battements au* n° 80 : *on demande combien il aura de vibrations ?*

Réponse : $442\frac{2}{3}$.

En effet, $\frac{2.80}{60} = \frac{8}{3}$, nombre qu'il faut ajouter à 440.

QUATRIÈME QUESTION.

Quels battements le la_1 *auxiliaire du numéro précédent fera-t-il avec les notes de la gamme tempérée normale* (1)? (*Voir* le tableau n° III, partie *a*.)

(1) C'est-à-dire avec celles des notes de cette gamme qui correspondent approximativement aux douze consonnances usitées.

Réponse : Soient généralement A le nombre de vibrations du la_1 auxiliaire, B celui d'un certain tuyau tempéré, $\frac{m}{n}$ le rapport de consonnance par lequel il faudrait multiplier A pour avoir B si A n'était pas altéré ; soit N le nombre de battements (de 1 à 4) le plus facile à compter, tout en donnant un quotient $\frac{60}{N}$ qui ne sorte pas des limites du métronome ; enfin soit X le numéro du métronome : on aura

$$X = \left(B - \frac{m}{n} A\right) \frac{n}{2} \cdot \frac{60}{N}.$$

(Si A et B représentaient des nombres de pulsations au lieu de représenter des nombres de vibrations, il faudrait multiplier par n au lieu de $\frac{n}{2}$: il s'agit d'éviter les fractions ; $\frac{60}{N}$ est toujours entier. Quel que soit le signe de la différence $\left(B - \frac{m}{n} A\right)$, le nombre des battements est le même ; mais il faut noter ce signe pour ce qui suivra.)

CINQUIÈME QUESTION.

Quelles modifications subiront les numéros du métronome si le diapason, au lieu d'être de 880 *vibrations, en a* 840, *ou* 920, *ou tout autre nombre?* (*Voir* le tableau n° III, partie *b*.)

Réponse : Il faut considérer le nombre A de vibrations du la_1 auxiliaire comme se composant de deux parties : l'une a dépendant du LA diapason (et qui en serait ici la moitié), l'autre ε constante d'où dépendent les battements. On peut donc écrire

$$X = \left[B - \frac{m}{n}(a + \varepsilon)\right] \frac{n}{2} \frac{60}{N}.$$

Or, si l'on change le diapason, on aura

$$X' = \left[B' - \frac{m}{n}(a' + \varepsilon)\right] \frac{n}{2} \frac{60}{N};$$

d'où

$$X + \varepsilon \frac{m}{2} \frac{60}{N} = \left(B - \frac{m}{n} a\right) \frac{n}{2} \frac{60}{N},$$

$$X' + \varepsilon \frac{m}{n} \frac{60}{N} = \left(B' - \frac{m}{n} a'\right) \frac{n}{2} \frac{60}{N}.$$

Maintenant, en nommant D et D' les deux diapasons, on aura

$$B' = B \frac{D'}{D} \;\Big|\; a' = a \frac{D'}{D};$$

d'où

$$X' + \varepsilon \frac{m}{2} \frac{60}{N} = \left(B - \frac{m}{n} a\right) \frac{n}{2} \frac{60}{N} \frac{D'}{D},$$

ou enfin

$$X' = -\varepsilon \frac{m}{2} \frac{60}{N} + \left(X + \varepsilon \frac{m}{2} \frac{60}{N}\right) \frac{D'}{D}.$$

Ce résultat peut être mis sous une forme plus commode; car, en faisant

$$d = D' - D,$$

on a encore

$$X' = X + \left(X + \varepsilon \frac{m}{2} \frac{60}{N}\right) \frac{d}{D}.$$

Ce n'est pas tout : comme $D = 880$, on peut, pour chaque opération, préparer le coefficient de d de manière à n'avoir plus qu'à substituer la valeur de cette quantité, c'est-à-dire le nombre de vibrations dont le nouveau diapason excède le diapason normal de 880 vibrations. A cet effet, on a d'abord $\varepsilon = \frac{8}{3}$ pour tous les cas. Ensuite, pour les divers

*ut**..	$m = 5$	$N = 2$	$\varepsilon \frac{m}{n} \cdot \frac{60}{N} = 200$	$X + 200 = +61,93 + 200 = 261,93$
ré...	4	4	80	$X + 80 = -65,09 + 80 = 14,91$
mi..	3	4	60	$X + 60 = -71,18 + 60 = -11,18$
*fa**..	5	4	100	$X + 100 = +49,74 + 100 = 149,74$

*ut**....	$+\ X' = 61,93 + 0,2976\,d$	et pour $d = \pm 40$	$61,93 \pm 11,90$
ré.....	$-\ X' = 65,09 - 0,0169\,d$		$65,09 \mp 0,68$
mi.....	$-\ X' = 71,18 + 0,0127\,d$		$71,18 \pm 0,51$
*fa** ...	$+\ X' = 49,74 + 0,1702\,d$		$49,74 \pm 6,81$

SIXIÈME QUESTION.

Enfin, *Quel nombre de degrés de plus ou de moins devra marquer le métronome si le* la *auxiliaire, au lieu de faire avec le* LA *2 battements au* n° 80, *les fait, par exemple, au* n° 72 *ou au* n° 88, *c'est-à-dire s'il a* $\frac{4}{15}$ *de vibrations de moins ou de plus?* (Tableau n° III, partie *c*.)

Réponse : Pour ce cas-ci, c'est a et B qui restent constants, et ε qui varie.

Alors

$$X' - X = (\varepsilon - \varepsilon') \frac{m}{2} \frac{60}{N}.$$

Dans la question particulière, pour le n° (80 ∓ 8), on a

$$\varepsilon - \varepsilon' = \pm \frac{4}{15},$$

puis, pour

*ut**	$\frac{m}{2} \times \frac{60}{N} = \frac{5}{2} \times 30 = 75$	$\frac{4}{15} \times 75 = 20$
ré	... . $2 \times 15 = 30$	$\frac{4}{15} \times 30 = 8$
mi	.... $\frac{3}{2} \times 15 = \frac{45}{2}$	$\frac{4}{15} \times \frac{45}{2} = 6$
*fa**	.... $\frac{5}{2} \times 15 = \frac{75}{2}$	$\frac{4}{15} \times \frac{75}{2} = 10$

d'où, pour

*ut**	$+ X' = 61,93 \pm 20$ (1)
ré	$- X' = 65,09 \mp 8$
mi	$- X' = 71,18 \mp 6$
*fa**	$+ X' = 49,74 \pm 10$

Remarques. — 1°. $\left(B - \frac{m}{n} a\right)$ est le nombre de vibrations (que l'on peut appeler Δ) dont la note tempérée que

(1) Le manuscrit porte 10 au lieu de 20 ; c'est sans doute par erreur.

l'on veut accorder surpasse la note consonnante. En adoptant cette notation, on a

$$X + \varepsilon \frac{m}{2}\frac{60}{N} = \Delta \frac{30\,n}{N};$$

d'où

$$X' = X + \frac{30\,n}{N}\Delta \frac{d}{D}.$$

2°. Pour préparer les calculs précédents, on peut former le tableau des multiples de $\frac{1}{880}$; savoir :

$$\frac{1}{880} = \frac{1}{D} = 0{,}00113636,$$

$$\frac{2}{D} = 0{,}00227273,$$

$$\frac{3}{D} = 0{,}00340909,$$

$$\frac{4}{D} = 0{,}00454545,$$

$$\frac{5}{D} = 0{,}00568182,$$

$$\frac{6}{D} = 0{,}00681818,$$

$$\frac{7}{D} = 0{,}00795455,$$

$$\frac{8}{D} = 0{,}00909091,$$

$$\frac{6}{D} = 0{,}01022727.$$

3°. Mais ce n'est pas tout; nous pouvons établir ici plusieurs éléments propres à éclairer les questions précédentes et à en faciliter les solutions : d'abord, un tableau des puissances de la racine 12e de 2 et de leurs multiples. (*Voyez* le tableau n° IV.)

Il est clair que par le moyen de cette Table, étant donné un diapason ou un LA d'un nombre quelconque de vibrations, ou de pulsations, ou de *degrés* de pendule, suivant l'expression de Scheibler, on obtiendra immédiatement le nombre de vibrations, ou de pulsations, ou de degrés, appartenant à une quelconque des notes de la gamme tempérée correspondant à ce *la* pris pour base.

4°. Ensuite, le résultat de l'application de ce tableau IV aux trois cas particuliers du diapason de 880 vibrations par seconde considéré comme diapason normal, puis des diapasons de 840 et 920 vibrations considérés comme diapasons extrêmes. (*Voyez* le tableau n° V.)

5°. Enfin, aux deux tableaux précédents nous en joindrons un autre contenant 1° les valeurs géométriques des notes de la gamme pour le diapason normal, 2° les valeurs qui leur correspondent dans la gamme tempérée, et 3° les différences des unes et des autres, ou, pour parler plus exactement, les excès (positifs ou négatifs) de ces dernières sur les premières. Ces différences sont précisément les valeurs de Δ mentionnées ci-dessus (première remarque). [*Voyez* le tableau n° VI.]

Nous avons augmenté les tableaux n°s IV et V de quelques nombres auxiliaires dont l'usage sera indiqué plus tard.

§ V. — *Suite des applications.*

Question. — *Étant donnés deux sons qui soient approximativement dans le rapport d'une consonnance représentée par* m : n, *évaluer leur différence exacte.*

Soit $\frac{mk}{nk+n'}$ le rapport de deux sons donnés, le son correspondant au numérateur étant supposé correct, tandis que celui du dénominateur serait altéré d'un nombre de pulsations égal à n'. Dans ce cas, la question serait immédiatement résolue si les deux sons faisaient ensemble un nombre appréciable de battements dans un temps donné : b étant ce nombre de battements, on aurait $n' = \pm \frac{b}{m}$ pour le nombre de *pulsations* surabondantes du son correspondant au dénominateur. Mais pour le cas plus général où l'on ne peut avoir de semblables battements, intercalons un troisième son approximativement représenté par pk, de sorte que le premier soit à ce troisième à peu près :: $m : p$, et celui-ci au deuxième à peu près :: $p : n$, les trois nombres m, n, p étant d'abord supposés premiers entre eux deux à deux.

Cela posé, admettons que le son auxiliaire fasse avec le premier son donné B battements par minute ; leur rapport, c'est-à-dire celui de leurs nombres respectifs de *pulsations* pour une minute, pourra être représenté, soit par $\frac{mk - \frac{B}{p}}{pk}$, soit par $\frac{mk}{pk + \frac{B}{m}}$, B étant ici additif ou soustractif suivant que le son auxiliaire sera trop haut ou trop bas par rapport au son fixe. Le premier son étant pris pour point de départ ou pour son fondamental, adoptons la seconde forme ; puis comparons le son auxiliaire au deuxième son donné, et supposons qu'ils fassent ensemble B′ battements par seconde : leur rapport pourra être représenté par

$$\frac{pk + \frac{B}{m}}{nk + \frac{nB}{mp} + \frac{B'}{p}}.$$

Mais on a

$$\frac{mk}{nk + \frac{b}{m}} = \frac{mk}{pk + \frac{B}{m}} \times \frac{pk + \frac{B}{m}}{nk + \frac{nB}{mp} + \frac{B'}{p}} = \frac{mk}{nk + \frac{nB}{mp} + \frac{B'}{p}};$$

d'où

$$\frac{b}{nm} = \frac{B}{mp} + \frac{B'}{pn}.$$

Ce nombre serait nul si l'on avait $nB + mB' = 0$, c'est-à-dire, 1° si les nombres B et B′ étaient de signes contraires, ce qui signifierait que le tuyau auxiliaire est trop élevé par rapport à l'un des tuyaux proposés et trop bas par rapport à l'autre ; et si, en outre, 2° on avait $B : B' :: m : n$.

Les nombres m, n, p ont été supposés premiers entre eux, mais ils pourraient ne pas l'être. Soient α le plus grand commun diviseur de m et p, β celui de n et p ; il est indifférent que m et n soient ou ne soient pas premiers entre eux : au surplus, γ étant le plus grand commun diviseur de m et n, l'altération serait $\frac{\gamma b}{m}$, et l'on aurait

$$\frac{\gamma b}{mn} = \frac{\alpha B}{mp} + \frac{\beta B'}{np}.$$

Pour comprendre comment m et n peuvent avoir un diviseur commun, il faut observer que pour l'intercalation du troisième son, il est ordinairement nécessaire de multiplier les deux termes du rapport de la consonnance approximative proposée, par un certain nombre entier. Ainsi, dans l'octave $\frac{m}{n} = \frac{2}{1}$, si l'on intercale une note qui fasse, par exemple, la quinte avec le dessus et la quarte avec la basse, il faudra poser

$$\frac{1}{2} = \frac{6}{4} \times \frac{4}{3};$$

alors

$$m \text{ devient } = 6,\ p = 4,\ n = 3,\ \alpha = 2,\ \beta = 1,\ \gamma = 3.$$

Une seconde remarque n'est pas moins nécessaire, savoir, que pour bien comprendre la formule qui vient d'être démontrée, il faut considérer B et B' comme les produits des nombres de battements, pour chaque oscillation du métronome, par les numéros correspondants du pendule. Ce sont donc, à proprement parler, comme on l'a déjà dit, des nombres de *pulsations par minute*. On aura des nombres de *vibrations par seconde* en divisant par 30.

Premier exemple.

Soit

$$\frac{m}{n} = \frac{\mathrm{LA}}{si_1} = \frac{16}{9};$$

et supposons le *si* en erreur de quelques vibrations.

Intercalons un *mi*, pour lequel, en consonnance exacte, on aurait

$$\frac{m}{p} = \frac{\mathrm{LA}}{mi_1} = \frac{4}{3}, \quad \text{et} \quad \frac{p}{n} = \frac{mi_1}{si_1} = \frac{4}{3}.$$

Supposons enfin que le *mi* fasse, avec le *la*, + 2 battements au n° 54, et que le *si* fasse, avec le *mi*, — 4 battements au n° 53,8. On aura d'abord

$$m : n : p :: \mathrm{LA} : mi_1 : si_1 :: 16 : 12 : 9;$$

d'où

$$\alpha = 4 \quad \text{et} \quad \beta = 3,$$

puis

$$\mathrm{B} = 2.54 = 108,$$

et

$$\mathrm{B}' = -4.53,73 = -214,92;$$

d'où, tout calcul fait,

$$\varepsilon = -33,48, \text{ et } \frac{\varepsilon}{30} = -1,116 \text{ vibrations.}$$

Deuxième exemple.

$$m : n : p :: \mathrm{LA} : fa_2 : si_1^b :: 15 : 6 : 8;$$

$$\alpha = 3, \quad \beta = 2.$$

Supposons

$$\mathrm{B} = -2.80 = -160, \quad \mathrm{B}' = -2.78,61 = -157,22;$$

d'où

$$\varepsilon = -95,07, \quad \text{et} \quad \frac{\varepsilon}{30} = -3,169.$$

Troisième exemple.

$$m : n : p :: \mathrm{LA} : fa_2 : ut_1 :: 5 : 2 : 3;$$

$$\alpha = 1, \quad \beta = 1.$$

$$B = -2.80 = -160, \quad B' = -3.62,98 = -188,94;$$

$$\varepsilon = -142,47, \quad \frac{\varepsilon}{30} = -4,749.$$

Quatrième exemple.

$$m : n : p :: \text{LA} : fa_2 : la_1 :: 10 : 4 : 5;$$

$$\alpha = 2, \quad \beta = 1.$$

$$B = -2.80 = -160, \quad B' = +2,80;$$

$$\varepsilon = 0.$$

La même question peut être résolue, d'abord pour deux tuyaux intermédiaires au lieu d'un seul, et ensuite généralement.

Soit d'abord $m : m' : m'' : m'''$; α, β, γ étant les plus grands communs diviseurs entre les couples de nombres respectifs m et m', m' et m'', m'' et m'''; puis B, B', B'', les produits des nombres de battements faits par les couples de tuyaux correspondants, multipliés par les degrés respectifs du métronome. Formons le produit

$$\frac{mk}{m'k + \frac{B\alpha}{m}} \times \frac{m'k + \frac{B\alpha}{m}}{m''k + \frac{m'''B\alpha}{mm'} + \frac{B'\beta}{m'}} \times \frac{m''k + \frac{m''B\alpha}{mm'} + \frac{B'\beta}{m'}}{m'''k + \frac{m'''B\alpha}{mm'} + \frac{m'''B'\beta}{m'm''} + \frac{B''\gamma}{m''}}.$$

Il est facile de voir que l'altération ε du tuyau m''' sera représentée, en nombre de pulsations par minute, par le dernier dénominateur diminué du terme $m'''k$, lequel peut se mettre sous la forme (1) :

$$m'''\left(\frac{B\alpha}{mm'} + \frac{B'\beta}{m'm''} + \frac{B''\gamma}{m''m'''}\right);$$

et pour $(h+1)$ tuyaux, ce serait évidemment

$$m^{(h)}\left(\frac{B\alpha}{mm'} + \frac{B'\beta}{m'm''} + \frac{B''\gamma}{m''m'''} + \ldots \frac{B^{(h-1)}\omega}{m^{(h-1)}m^{(h)}}\right).$$

---

(1) Observons que les facteurs α, β, γ entrent au carré respectivement dans les produits mm', $m'm''$, $m''m'''$, etc.

On voit d'ailleurs que cette *altération* est *indépendante du diapason*, et ne dépend que des battements.

Au lieu de faire servir les formules précédentes à déterminer l'altération du dernier son (ou de tout autre) au moyen des battements, on pourrait les employer à déterminer le nombre de battements que doivent faire les deux derniers (ou deux autres quelconques), pour que le dernier son (ou tout autre) éprouve une altération donnée.

Soit, pour le cas de quatre tuyaux :

Premier exemple.

$$m \,.\, m' : m'' : m''' :: \text{LA} : fa_2 : si^b_1 : mi^b_1 :: 45 : 18 : 24 : 32;$$

$$\alpha = 9, \quad \beta = 6, \quad \gamma = 8;$$

$$B = -2.80 = -160, \quad B' = -4.60 = -240,$$

$$B'' = +3\ 57{,}81 = +173{,}43.$$

$$\frac{B}{\frac{1}{\alpha} mm'} = -\frac{160}{90} = -\frac{16}{9} = -1{,}778$$

$$\frac{B'}{\frac{1}{\beta} m'm''} = -\frac{240}{72} = -\frac{10}{3} = -3{,}333$$

$$\frac{B''}{\frac{1}{\gamma} m''m'''} = +\frac{173{,}43}{96} \ldots = +1{,}807$$

$$\text{Somme}\ldots\quad -3{,}306$$

$$\varepsilon = -3{,}306 \times 32 = -105{,}792, \quad \frac{\varepsilon}{30} = -3{,}5264.$$

Cet exemple est celui de l'accord du mi^b_1 tempéré au diapason normal, au moyen des deux tuyaux auxiliaires fa_2 et si^b_1.

(Si le diapason venait à changer, il faudrait augmenter B″ de $-3.0{,}1202.d$, ce qui revient, sur le résultat, à $\frac{-3.0{,}1202}{96} \cdot \frac{32}{30} d = -0{,}0040.d.$)

Deuxième exemple.

$$m : m' : m'' : m''' :: \text{LA} : la_1 : ré_1 : sol_1 :: 18 : 9 : 12 : 16;$$

$$\alpha = 9, \qquad \beta = 3, \qquad \gamma = 4;$$

$$\text{B} = +2.80 = +160, \quad \text{B}' = -4.65{,}09 = -260{,}36,$$

$$\text{B}'' = +79{,}74.$$

$$\left.\begin{array}{l} \dfrac{\text{B}\alpha}{mm'} = +\dfrac{80{,}09}{9} = +8{,}889 \\ \dfrac{\text{B}'\beta}{m'm''} = -\dfrac{65{,}09}{9} = -7{,}232 \\ \dfrac{\text{B}''\gamma}{m'm''} = +\dfrac{3{,}32}{2} = +1{,}660 \\ \text{Somme....} \quad +3{,}317 \end{array}\right| \begin{array}{l} \varepsilon = +3{,}317 \times 16 = -105{,}760, \\ \dfrac{\varepsilon}{30} = +1{,}769. \end{array}$$

[Si le diapason différait, il y aurait lieu d'augmenter B′ de $4.0{,}0169.d$ et B″ de $0{,}0900\,d$, parce qu'ici la_1 est seul auxiliaire ; il s'ensuivrait, sur le résultat, une augmentation de $\left(\dfrac{4.0{,}0169}{36}d + \dfrac{0{,}0900}{48}d\right)\dfrac{16}{30} = 0{,}0020.d.$]

Troisième exemple.

$$m' : m'' : m''' :: \text{LA} : la_1 : ut^{*}{}_1 : sol^{*}_1 :: 16 : 8 : 20 : 15;$$

$$\alpha = 8, \ \beta = 4, \ \gamma = 5;$$

$$\text{B} = +2.80, \qquad \text{B}' = +2.61{,}92, \qquad \text{B}'' = -2.56{,}34.$$

$$\left.\begin{array}{l} \dfrac{\text{B}\alpha}{mm'} = +\dfrac{2.80}{16} \ldots = 10 \\ \dfrac{\text{B}'\beta}{m'm''} = +\dfrac{2.61{,}92}{2.20} = 3{,}096 \\ \dfrac{\text{B}''\gamma}{m''m'''} = -\dfrac{2.56{,}34}{4.15} = -1{,}878 \\ \text{Somme} \ldots \quad +11{,}218 \end{array}\right| \ \dfrac{\varepsilon}{30} = 11{,}218 \times \dfrac{15}{30} = 5{,}609,$$

Correction relative au diapason : Il faut augmenter B′ de $2.0{,}2976.d$, et B″ de $-2.0{,}0634.d$, ce qui donne

$$2\frac{15}{30}\left(\frac{0{,}2976}{40}-\frac{0{,}0634}{4.15}\right)d=\frac{1}{20}(0{,}1488-0{,}0211)\,d$$

$$=\frac{1}{20}(0{,}1277)\,d=0{,}0064.d.$$

§ VI. — *Évaluation d'un son donné. — Détermination du son fixe. — Tonomètre.*

Une application importante des formules précédentes est celle-ci :

Déterminer, par le moyen des battements, le nombre absolu de vibrations ou de pulsations qui appartient à un son donné.

L'application de cette question se présentera toutes les fois que l'altération totale du dernier tuyau, représentée par

$$\varepsilon=m^{(h)}\left(\frac{B\alpha}{mm}\cdots+\frac{B^{(h-1)}\omega}{m^{(h-1)}n^{(h)}}\right),$$

sera assez considérable pour que la fraction $\frac{mk}{m^{(h)}k+\varepsilon}$ représente exactement, ou seulement approche de représenter, une consonnance différente de $\frac{m}{m^{(h)}}$: comme si, par exemple, on a

$$\frac{mk}{m^{(h)}k+\varepsilon}=\frac{mk}{Mk+\varepsilon'},$$

$\frac{m}{M}$ représentant une consonnance, et ε' tombant dans des limites qui traduisent cette altération de la consonnance par des battements appréciables. En effet, on aura alors

$$m^{(h)}k+\varepsilon=Mk+\varepsilon',$$

d'où

$$k=\frac{\varepsilon-\varepsilon'}{M-m^{(h)}}.$$

Par exemple, soient A, B, C, D, E les nombres respec

tifs de pulsations de cinq tuyaux successifs et ascendants, assez voisins les uns des autres pour que les plus rapprochés, deux à deux, puissent être considérés comme voisins de l'unisson en produisant les battements suivants, savoir :

	A et B...	4 battements au n°	66
	B et C...	*id.*............	70
	C et D...	*id.*............	74
enfin	D et E...	*id.*............	65
	Somme totale........		275

Il en résulte que le son E aura de plus que le son A, $275 \times 4 = 1100$ pulsations par minute, puisque le son B en a 66×4 de plus que le son A, le son C, 70×4 de plus que le son B, etc.

Maintenant, supposons que les sons extrêmes A et E, comparés entre eux, soient reconnus comme étant en consonnance exacte de tierce majeure; on aura donc

$$\frac{M}{m} = \frac{5}{4},$$

d'où

$$M = 5, \quad m = m' = m'' \ldots = 4 \text{ (unisson approximatif continu)},$$

$$\varepsilon = 1100, \; \varepsilon' = 0,$$

et enfin

$$k = \frac{1100}{5-4} = 1100.$$

Ainsi, $A = mk = 4.1100 = 4400$ pulsations par minute.

Ce son, comparé au diapason normal de 440 pulsations par seconde ou de 26400 par minute, est à ce dernier dans le rapport de 44 à 264, ou de 1 à 6 : c'est donc le *ré*$_3$.

Si le son E, au lieu d'être en consonnance exacte de tierce majeure avec le son A, eût fait avec lui, par exemple, $+z$ battements au n° x, cela eût indiqué un excès de $4zx$ pulsations sur la tierce majeure; et il eût fallu commencer par retrancher cet excès, de la somme calculée.

Par le procédé qui vient d'être exposé, on peut

Déterminer le nombre exact de vibrations d'un LA *ou diapason donné.*

Pour cela, il suffit d'échelonner, à partir de ce *la*, une suite de fourchettes assez rapprochées pour que, deux à deux, elles fassent des battements appréciables ; et si l'on en établit un nombre suffisant pour que les extrêmes soient à l'octave juste, le nombre de pulsations, calculé comme précédemment, dont la fourchette aiguë sera en excès sur la fourchette grave, sera précisément le nombre de pulsations de cette dernière.

C'est ainsi que Scheibler avait construit un *tonomètre* avec lequel on pouvait compter le nombre des vibrations de l'octave du LA au la_1. Il consistait en 52 fourchettes, parmi lesquelles se trouvait une échelle de tempérament égal, et une autre où chaque ton était de 4 battements ou de 4 pulsations par seconde, plus bas que le ton correspondant de l'échelle précédente; et cette dernière servait à régler l'autre.

Par exemple, la fourchette la plus grave, sonnant la_1, octave de la plus aiguë ou du LA diapason, faisait avec la fourchette intermédiaire la plus voisine, à l'aigu, de ce la_1,

4 battements au numéro	60
Ensuite, cette première fourchette intermédiaire faisait avec la suivante, toujours en montant, 4 battements au numéro	75,8
Enfin, de cette dernière, dite *auxiliaire*, au si_1^b, il y avait encore 4 battements au numéro	60
Total	195,8
dont le *quinzième*	13,05

indique que le si_1^b faisait 13,05 pulsations par seconde, de plus que le la_1. Opérant de même dans toute l'étendue du la_1 au LA, Scheibler trouvait pour somme de tous les numéros compris, 3295, dont le *quinzième*, 219 $\frac{2}{3}$, indiquait l'excès du nombre des pulsations du LA sur le la_1, et, par suite, la hauteur absolue de celui-ci.

M. Wolfel a imité ce tonomètre; mais, dans le sien, les fourchettes croissent de 4 battements en 4 battements au n° 60 ou par seconde. Le nombre total en est de 57, dont les 56 premières suivent la loi que je viens d'indiquer, ce qui fait $55 \times 4 = 220$ pulsations. Mais la cinquante-septième et dernière fait avec la cinquante-sixième, comme celle-ci fait avec la première, 2 battements au n° 49, ce qui indique, d'une part, que la cinquante-septième fourchette est à l'octave aiguë de la première, et, secondement, qu'elle fait de plus qu'elle, par minute,

$$4.60.55 + 2.49 = 2(6649) \text{ pulsations},$$

et, par conséquent,

$$\frac{1}{15} 6649 = 443 \tfrac{4}{15} \text{ vibrations par seconde.}$$

Ce nombre est en même temps le ton de la première fourchette; et le double, ou $886 \frac{8}{15}$, le ton de la cinquante-septième et plus aiguë. Celle-ci a été donnée à M. Wolfel, en 1834, par Savart, comme représentant le diapason de l'Opéra (1); elle est de $6 \frac{8}{15}$ vibrations plus élevée que le LA diapason normal d'Allemagne, tel qu'il a été adopté au Congrès scientifique tenu à Stuttgard dans cette même année 1834. Cependant un autre diapason, remis par M. Petitbout à Scheibler lui-même comme étant celui de l'Académie de Musique, n'a été évalué par ce dernier, qu'à 867,5 vibrations, ce qui fait, sensiblement, 19 vibrations de moins.

Quoi qu'il en soit, la solution de la question précédente mène immédiatement à la *détermination d'un son fixe*, c'est-à-dire à la solution de cette autre question :

Produire un son d'un nombre donné de vibrations.

En effet, étant donnée une fourchette qui fasse *à peu*

(1) Il est vraisemblable qu'il s'agit de l'Opéra italien.

près le nombre de vibrations voulu, on pourra d'abord, par la question précédente, construire une seconde fourchette qui soit à l'octave juste de la première, et déterminer exactement le nombre de vibrations de l'une et de l'autre, ainsi que le nombre de vibrations dont la fourchette donnée est en erreur. Cela fait, on n'aura pas de peine à accorder, par les battements, une fourchette qui ait de moins ou de plus, ce nombre de vibrations dont la fourchette proposée est en excès ou en défaut, ce qui résout la question.

Enfin, par l'emploi des mêmes procédés, on peut encore résoudre cet autre problème :

Fixer dans l'étendue d'une octave une série quelconque de sons déterminés.

Que cette série doive faire entendre d'ailleurs, soit les intervalles diatoniques justes, soit des intervalles chromatiques, enharmoniques, dans tel tempérament que l'on voudra, peu importe. Il ne s'agit que de connaître d'avance les nombres de pulsations qui appartiennent aux divers sons que l'on se propose d'intercaler, et par conséquent leurs distances aux sons déjà réalisés, distances qu'il faut alors calculer et exprimer en nombre de pulsations ou de vibrations, de manière à les obtenir exactement au moyen des battements.

§ VII. — *Accord de l'orgue par les battements et le métronome, pour le cas du diapason normal.*

Bien que la méthode d'accorder par unisson, d'après des fourchettes données, soit beaucoup plus exacte que la méthode usitée, cependant la méthode d'accorder par des fourchettes auxiliaires respectivement plus basses que les sons vrais, d'un nombre de battements connu, est incomparablement plus exacte encore; car, par celle-ci, on obtient toujours mathématiquement la même échelle quand les fourchettes sont correctement graduées; et quand elles ne le sont pas, les mêmes principes servent à les corriger

Il suffit même d'avoir six fourchettes qui sonnent les tons........................ *si* | *ut** | *ré** | *fa* | *sol* | *la*

dont il est très-utile cependant d'avoir aussi les octaves; quant aux six autres tons, faisant quinte des deux côtés, savoir.................................... *fa** *sol** *si*♭ *ut* *ré* *mi*

on les intercale ensuite facilement entre les premiers.

On le voit, l'idée fondamentale de Scheibler est celle-ci : que l'œil, discernant de simples mouvements du pendule, conduit à des résultats d'une justesse que l'oreille la plus délicate n'obtiendrait jamais par la simple sensation de l'unisson ou d'une consonnance quelconque. D'où il résulte qu'avec l'oreille la plus fausse on peut néanmoins parvenir, dans l'accord des instruments, à un degré de précision incomparablement supérieur aux résultats les plus exacts que l'on ait pu obtenir par les méthodes usitées jusqu'ici. Et en effet, on a vu des musiciens très-exercés ne pouvoir reconnaître aucune différence entre deux sons rendus par des fourchettes d'acier, et les accepter en conséquence comme donnant un unisson parfait, tandis que Scheibler, au moyen des battements, prouvait qu'il y avait une différence entre les sons donnés, évaluait cette différence en vibrations et fractions de vibrations, et la faisait disparaître à volonté. Mais laissons l'auteur parler lui-même :

« Personne, dit-il, n'a encore réussi à accorder à l'unis-
» son parfait 12 cordes de harpe éolienne, en accordant
» la deuxième sur la première, la troisième sur la deuxième,
» et ainsi de suite jusqu'à la douzième d'après l'onzième (1).
» Et cependant il est bien autrement difficile de tempérer
» un ton (en l'accordant par consonnance avec un autre)
» que de l'accorder à l'unisson. »

« Dans ma méthode, continue-t-il, rien n'est confié à

(1) Ce début ressemble d'une manière remarquable à celui du Traité du *Canon harmonique* de Bacchius l'Ancien (*voyez* les *Notices et extraits des manuscrits*, etc., tome XVI, 2ᵉ partie, page 66).

» l'oreille musicale; c'est l'œil qui compare les mouve-
» ments du pendule avec les battements que l'on compte;
» et il faudrait être négligent au delà de toute expression,
» pour que, muni d'un bon métronome, on se trompât d'un
» huitième à un quart de vibration sur quelques demi-
» tons; et encore cela n'influerait-il en rien sur les autres
» tons de l'échelle, qui tous dérivent directement du LA.
» D'ailleurs même, un ton auxiliaire est bien plus sûr
» qu'un unisson (1); et pour avoir un *la* vérifié, je le fais
» sur un *ré* auxiliaire avec lequel il doit faire des battements
» en nombre donné. Je ne regarde donc pas les tons auxi-
» liaires comme des déductions. — Pour faire un diapa-
» son quelconque, dit-il ailleurs, il faut le faire d'après
» les battements si l'on veut qu'il soit exact. »

« Aussi M. Spohr, maître de chapelle de l'électeur de
» Hesse-Cassel, non moins célèbre comme virtuose sur le
» violon, que comme compositeur, après avoir examiné
» très-scrupuleusement un forté-piano et un des orgues
» d'église de cette ville, tempérés d'après mes procédés, a
» trouvé ce tempérament si juste, qu'il a craint que l'on
» ne voulût plus entendre de musique d'orchestre, si l'on
» avait souvent occasion d'entendre de la musique exécutée
» sur des instruments accordés avec une telle précision.

» La méthode d'accorder par les battements, outre son
» exactitude, présente encore cet avantage, qu'en tout
» temps on peut faire une révision sur des données posi-
» tives et corriger les différences survenues, sans toucher
» aux tons qui n'ont point changé.

» Pour accorder l'*orgue*, les tons auxiliaires *fa* et *la*

(1) Dans la méthode ordinaire, l'octave est plus difficile à accorder que l'unisson, la quinte que l'octave, la quarte que la quinte, etc. Ici, c'est tout le contraire. En effet, tandis qu'une pulsation d'erreur produit 1 seul battement sur l'unisson, elle en produit, par exemple, 4 sur une tierce majeure à l'aigu, et 5 sur une tierce majeure au grave; et ainsi des autres consonnances.

» suffiraient à la rigueur ; mais, pour les commençants, il » est bon d'employer aussi un *mi* et un *si* auxiliaire. »

Tout ceci étant bien établi, il est bon encore, avant d'entreprendre la question de l'accord de l'orgue pour le tempérament égal, de commencer, pour nous familiariser avec l'emploi de la formule du § IV,

$$X = \left(B - \frac{m}{n} A\right) \frac{n}{2} \frac{60}{N},$$

de voir comment il faudrait s'y prendre pour opérer l'accord conformément aux rapports exacts des consonnances, ou, en d'autres termes, suivant la gamme géométrique juste.

Supposons, comme nous venons de le dire, que l'on ait établi quatre tuyaux auxiliaires, mi_1, la_1, fa_2, si^b_1, pour servir de base aux différentes opérations.

Dans la détermination de ces quatre tuyaux, c'est B qui est l'inconnue ; X est le numéro du métronome : on se le donne à priori arbitrairement, quoique dans certaines limites ; et si l'on veut avoir B, on le détermine par la formule

$$B = \frac{m}{n} A + \frac{X}{\frac{n}{2} \cdot \frac{60}{N}},$$

ou, en faisant constamment $N = 4$,

$$B = \frac{m}{n} A + \frac{2X}{15n}.$$

Ainsi, en accordant les notes mi_1, la_1, fa_2, sur le LA supposé de 880 vibrations, et faisant

pour le mi_1. . . . X = — 40,
la_1. . . . . — 20,
fa_2. . . . . — 60,

(le signe — indiquant qu'il faut baisser le tuyau auxiliaire au-dessous de sa valeur consonnante), on aura, pour le

mi_1, $m=3$, $n=4$, $A=880$, d'où $B=\frac{3}{4}880-\frac{2.40}{15.4}=658\frac{2}{3}$.

la_1, $m=1$, $n=2$, ... $B=\frac{1}{2}880-\frac{2.20}{15.2}=438\frac{2}{3}$.

fa_2, $m=2$, $n=5$.............. $B=\frac{2}{5}880-\frac{2.60}{15.5}=350\frac{2}{5}$.

Pour le si^b_1, on l'accorde sur le $ré_1$ qui vaut, comme quarte aiguë du la_1, $586\frac{2}{3}$ vibrations, en lui faisant faire avec ce la_1, 4 battements au n° 50, *en moins;* ce qui donne

$$A=586\frac{2}{3},\quad m=4,\quad n=5,\quad N=4,\quad X=-50,$$

d'où

$$B=\frac{4}{5}.586\frac{2}{3}-\frac{2.50}{15.5}=468.$$

Mais, comme il est facile de le voir, les valeurs de A et de B sont inutiles à connaître, et l'opération est indépendante du diapason. En effet, les quatre tuyaux auxiliaires étant déjà eux-mêmes fixés par les battements, pour accorder les tons définitifs, il faut reprendre la formule sous la forme

$$X=\left(B-\frac{m}{n}A\right)\frac{n}{2}\frac{60}{N},$$

et observer qu'en appelant J le tuyau juste correspondant au tuyau auxiliaire sur lequel il doit être accordé, et qui est ici représenté par A, on a

$$B=\frac{m}{n}J,$$

d'où, simplement,

$$X=(J-A)\frac{15m}{2}.$$

Mais (J — A) est connu d'après le nombre de battements sur lequel on accorde A, et cela indépendamment de A et de J, et même du diapason : car cette différence est représentée par le terme $\frac{2X}{15n}$ de la formule précédente, appliquée au tuyau auxiliaire. Désignons par $\frac{2X_1}{15n_1}$ cette valeur spéciale du terme, et nous aurons

$$X = \frac{X_1}{n_1} m.$$

De là nous pouvons former le tableau suivant, applicable à tous les diapasons. (*Voyez* le tableau n° VII.)

Ce tableau peut aussi se vérifier d'après la formule du § V, quatrième question, savoir

$$n\beta B - m\gamma B' = 0.$$

Par exemple, pour l'accord du sol^{*}_{1} d'après mi_1, on a

$$m = 16, \quad \beta = 4, \quad p = 12, \quad \gamma = 3, \quad n = 15;$$
$$B = X_1 = 40, \qquad B' = X = 50;$$
$$40 \times 4 : 16 = 50 \times 3 : 15.$$

(On pourrait aussi se servir de cette même formule pour déterminer $B' = \frac{n\beta}{m\gamma} B$.)

Passons maintenant à la question de l'accord dans le cas de la gamme tempérée, en supposant le LA ou diapason donné, de 880 vibrations par exemple, ou de 440 pulsations, ou enfin, pour parler comme l'auteur, de 6600 degrés, ce LA étant considéré comme diapason normal.

Pour cela, il faut recourir aux tableaux n°s IV, V et VI, dont nous avons déjà expliqué la composition au § IV, sixième question, remarques deuxième, troisième et quatrième.

Seulement, nous devons mentionner ici les additions que nous avons faites aux deux derniers tableaux, des nombres de vibrations qu'il faut attribuer aux quatre tons auxiliaires, ainsi que leurs différences avec les tons calculés justes d'après les consonnances, différences qui doivent être, pour chaque note, indépendantes du diapason. Au reste, la simple vue des tableaux explique suffisamment cette addition, ainsi que quelques autres qu'ils contiennent encore.

Maintenant, avec ces données, voici la manière d'opérer. Supposons qu'il s'agisse d'accorder sur le LA = 880, le mi_1 au-dessous (tableau n° VIII, troisième opération). Le mi_1 juste aurait $880 \times \frac{3}{4} = 660$ vibrations; tempéré, il n'en a que 659, 255; différence : 0,745. Comme ce sont des vibrations et non des pulsations, et qu'il s'agit de la corde grave de la quarte, il faut multiplier par 2, ce qui donne 1,49 au n° 60, que l'on réduit à 1 battement au n° 89,40 (ou 2 battements au n° 44,70) en multipliant 1,49 par 60.

Il faut d'ailleurs savoir que ce battement doit s'obtenir en baissant la corde, parce que la quarte tempérée est plus étendue que la quarte juste.

A ce propos, il n'est pas inutile de rappeler ici que les altérations dont on affecte les intervalles géométriques provoquent les mêmes battements, soit qu'elles aient lieu en plus ou en moins; et il faut toujours savoir d'avance dans quel sens on doit opérer, ce que d'ailleurs les tableaux indiquent par les signes + et −.

Mais il s'en faut que l'opération à exécuter soit toujours aussi simple que la précédente : il arrive le plus souvent que la note à accorder ne fait, avec le LA, de battements comptables à aucun des numéros du pendule.

Dans cette hypothèse, il faut accorder, sur le diapason, un *son auxiliaire* qui fasse avec lui des battements comptables à un certain degré du pendule, et qui, par réciprocité, puisse conduire de même, par des battements comptables, aux divers sons de l'échelle tempérée qu'il s'agit d'établir. Voici, dès lors, la règle à suivre.

Conformément à la méthode exposée au § V, soient A le nombre de vibrations du tuyau fondamental ; $\frac{m}{n}$ le rapport de la consonnance juste qui correspondrait au son qu'il s'agit d'accorder avec le premier, *sauf le tempérament* ;

B le nombre de vibrations du second son, conforme au tempérament, ou bien le nombre de vibrations calculées s'il s'agit d'un tuyau auxiliaire ; N le nombre de battements (de 1 à 4) le plus facile à compter, tout en donnant un quotient $\frac{60}{N}$ qui ne sorte pas des limites du métronome ; enfin, soit X le numéro du métronome : on aura

$$X = \left(B - \frac{m}{n} A\right) \frac{n}{2} \cdot \frac{60}{N}.$$

Ici, il faut bien faire attention au signe de la différence $\left(B - \frac{m}{n} A\right)$, afin de faire *descendre* ou *monter* le tuyau B suivant que cette différence sera *positive* ou *négative*, mais *après avoir commencé par l'accorder juste* : cette observation est très-importante pour la pratique, si l'on ne veut s'exposer à se tromper.

Au moyen de cette formule, en suivant la marche indiquée au tableau n° VIII, la partition de l'orgue comprend *dix-sept* opérations seccessives qui, toutes, se réduisent à amener un tuyau B à faire, avec un tuyau A, N battements pendant une oscillation du métronome monté au n° X.

§ VIII. — *Accord de l'orgue sur un diapason connu quelconque.*

On pourrait dresser un tableau semblable pour tout diapason donné, différent du diapason normal de 880 vibrations. Mais on peut, en généralisant les principes de la méthode, ramener tous les cas à celui que nous venons de traiter.

Pour cela, il y a d'abord quelques remarques à faire :

1°. Quel que soit le diapason, le nombre que nous avons appelé N est invariable ;

2°. Il en est de même des nombres *m* et *n* ;

3°. Le nombre X doit rester invariable pour les tuyaux auxiliaires *mi*, *la*, *fa*, *si*^{b}, opérations 1re, 4e, 11e et 12e ;

4°. Il en est de même pour l'accord du *la*$_1$ grave (17e opération) :

5°. Dans les cas où aucun des deux tuyaux n'est un auxiliaire, c'est-à-dire dans les opérations 3ᵉ, 8ᵉ et 10ᵉ, le nombre X doit être proportionnel au diapason;

6°. Enfin, pour le cas plus général où l'on accorde un tuyau tempéré au moyen d'un tuyau auxiliaire, il faut, conformément à ce que l'on a dit au § IV, considérer que le nombre A des vibrations du tuyau auxiliaire se compose de deux parties : l'une a, valeur géométrique, en consonnance exacte, qui varie avec le diapason; l'autre ε, constante, d'où dépendent les battements.

On a donc, conformément à la formule du paragraphe cité,

$$X = \left[B - \frac{m}{n}(a + \varepsilon)\right] \frac{n}{2} \frac{60}{N};$$

puis, en passant au diapason $D' = D + d$,

$$X' = X + \left(X + \varepsilon \frac{m}{2} \frac{60}{N}\right) \frac{d}{D}.$$

Sur quoi il ne faut pas oublier que X et X' sont essentiellement positifs pour les tuyaux qui doivent être élevés au-dessus de la consonnance, et négatifs pour ceux qui doivent être abaissés; ensuite, quant à ε, qu'il est positif pour le *mi* et le *la* auxiliaire, et négatif pour le *fa* et le *si*^{b}. En effet, on a :

1ʳᵉ op. $mi = 880 \times \frac{3}{4} = 660$	$\varepsilon = 660,90 - 660 = +0,90$
4ᵉ... $la = 880 \times \frac{1}{2} = 440$	$\varepsilon = 442,69 - 440 = +2,667$
11ᵉ... $fa = 880 \times \frac{2}{5} = 352$	$\varepsilon = 350,933 - 352 = -1,067$
12ᵉ... $si^b = 880 \times \frac{8}{15} = 469,333$	$\varepsilon = 465,244 - 469,333 = -4,089$

En tenant compte de tout cela, on a le tableau suivant, dans lequel je fais entrer les trois cas de proportionnalité (op. 3ᵉ, 8ᵉ et 10ᵉ), dont les formules sont faciles à établir.

(Il y a *une* et même *deux* décimales de plus qu'il n'en faut rigoureusement; après la multiplication par d, l'on n'en gardera qu'une.)

X.

si .... opération	2ᵉ		$- X' = 53,73 + 0,0380\,d$,
mi............	3ᵉ		$- X' = 89,40 + 0,1016\,d$,
*ut**...........	5ᵉ		$+ X' = 61,92 + 0,2977\,d$,
ré...........	6ᵉ		$- X' = 65,09 - 0,0170\,d$,
*fa**..........	7ᵉ		$+ X' = 66,33 + 0,2269\,d$,
sol...........	8ᵉ		$+ X' = 79,74 + 0,0906\,d$,
*ut**...........	9ᵉ		$+ X' = 61,92 + 0,2977\,d$,
*sol**	10ᵉ		$- X' = 56,34 + 0,0640\,d$,
mi♭..........	13ᵉ		$+ X' = 57,81 - 0,1202\,d$,
si♭..........	14ᵉ		$- X' = 78,61 + 0,1621\,d$,
ut............	15ᵉ		$- X' = 62,98 + 0,1079\,d$,
fa...........	16ᵉ		$- X' = 51,16 + 0,0945\,d$.

Au lieu de ces formules de correction, Scheibler emploie un tableau disposé pour 9 diapasons, croissant de 10 en 10 vibrations, entre les extrêmes de 840 et 920. (*Voir* le tableau nº IX.)

Il est facile de déduire ce tableau de nos formules même. Et de plus, si l'on voulait adopter pour principal, tout autre diapason que celui de 880 vibrations, celui de M. Wolfel par exemple, qui en fait 886 $\frac{8}{15}$, on n'aurait qu'à faire $d = 6\,\frac{8}{15}$, et ajouter le résultat à la colonne X, le second terme subsistant pour se prêter aux variations accidentelles que pourrait subir ce nouveau diapason considéré comme principal.

D'après la formule

$$B = \frac{m}{n} A + \frac{NX}{30n},$$

on voit que si l'on prenait le nombre X, correspondant au diapason normal de 880 vibrations, au lieu du nombre X', il en résulterait dans la valeur de B, du moins pour les cas ordinaires, une erreur marquée par $\frac{N}{30n}(X' - X)$.

Mais ceci suppose que le tuyau B est accordé au moyen d'un seul auxiliaire, ce qui n'est plus le cas de ces quatre notes, savoir : le *mi*, le *mi*^{b}, le *sol* et le *sol**. Cependant, pour le *mi* et le *mi*^{b}, on peut encore s'en tenir à la méthode générale : pour le premier parce qu'il dérive immédiatement du diapason, et pour le second parce qu'il ne dérive que de tuyaux auxiliaires (*voyez* plus haut, § V, le premier exemple de 4 tuyaux). Quant aux deux autres, nous les avons traités dans les exemples deuxième et troisième. Cela étant bien entendu, on peut former le tableau suivant, dans lequel nous mettrons en regard de nos résultats les nombres donnés par Scheibler. Il y a quelques discordances, dont la plus grande est de 0,23 de vibration. Malgré le peu d'importance de cette fraction, je crois que l'on peut en excuser Scheibler (en admettant toutefois, comme je le pense, que l'erreur soit de son côté), d'après cette considération, que les nombres dont il s'agit ici, par cela même qu'ils représentent des erreurs possibles, ne sont point de ceux que l'inventeur ait dû avoir l'occasion de vérifier. Et en effet, pour les nombres qui entraient dans sa pratique, ils sont d'une justesse vraiment prodigieuse, et que l'on ne saura manquer de trouver telle si l'on observe que cet ingénieux observateur ignorait l'emploi des logarithmes; ou plutôt, on peut dire qu'il a découvert pratiquement les logarithmes, car on en construirait une Table d'après ses résultats (1).

---

(1) Si ce n'eût été m'écarter beaucoup de mon but, j'aurais développé un autre résultat extrêmement important que je ne puis faire ici qu'indiquer, mais qui n'en mérite pas moins la plus grande attention, savoir :

La méthode de Scheibler pour l'accord des instruments confirme d'une manière éclatante, bien que par une voie détournée, les valeurs des rapports des consonnances exactes, par suite celles des tons majeurs, mineurs, demi-tons, et enfin les valeurs relatives des diverses notes de la gamme géométrique non tempérée, telles qu'elles sont généralement admises. (Voyez à ce sujet les expériences de M. Delezenne, dans les *Mémoires de la Société de Lille*, pour l'année 1827, ainsi que les additions qu'il y a faites récemment.)

Quoi qu'il en soit, voici le tableau des erreurs que l'on est exposé à commettre en négligeant de tenir compte de la variété des diapasons. (*Voyez* le tableau n° X.)

On voit que le produit par 40, que l'on peut considérer comme maximum de l'erreur, ne s'élève nulle part à *un tiers* de vibration. Et certes, dit Scheibler, on serait tenté d'accorder toujours d'après le nombre de battements qui correspond au diapason normal, « si l'on ne pouvait se » donner la satisfaction de faire encore mieux. »

On arrive aux mêmes résultats par une autre voie, savoir, en y employant les formules du § V.

En effet, si l'on nomme Δ le nombre de vibrations dont la note tempérée que l'on veut accorder surpasse la note consonnante (tableau n° VI), on aura, d'après le paragraphe cité,

$$n\left(\frac{B}{\frac{1}{\alpha}mp}+\frac{B'}{\frac{1}{\beta}pn}\right)=30\,\Delta.$$

Ainsi, B étant le nombre de battements par minute du tuyau fondamental m avec l'auxilaire p, et B' le nombre de battements de ce dernier avec le tuyau à accorder n, on peut, au moyen de cette formule, soit, après s'être donné B et B' arbitrairement, en déduire Δ, soit, en se donnant B arbitrairement et déterminant Δ d'après les conditions du tempérament, en déduire le nombre de battements B' que le tuyau à accorder doit faire avec l'auxiliaire pour avoir le ton voulu.

Maintenant, comme Δ dépend du diapason, auquel il est proportionnel, si l'on conserve fixe le nombre B', il faudra que B varie. Ainsi, soient D le diapason normal, D' un autre diapason égal à $D+d$, et B'_1 la valeur nouvelle de B'; il en résultera

$$n\left(\frac{B}{\frac{1}{\alpha}mp}+\frac{B'_1}{\frac{1}{\beta}pn}\right)=30\,\Delta\,\frac{D'}{D},$$

d'où

$$n\left(\frac{B'_1 - B'}{\frac{1}{\beta}pn}\right) = 30\,\Delta\frac{d}{D}, \quad \text{ou} \quad B'_1 - B' = 30\frac{p}{\beta}\,\Delta\frac{d}{D},$$

Δ appartenant alors fixement au diapason normal, et devant être constamment pris dans le tableau n° VI.

On peut remarquer, en outre, que $\frac{p}{\beta}$ n'est autre chose que le numérateur du rapport $\frac{p}{n}$ supposé réduit à sa plus simple expression; et cela étant bien entendu, on peut écrire simplement, pour cette hypothèse,

$$B'_1 - B' = 30\,p\,\Delta\frac{d}{D}.$$

Enfin, soient X et X_1 les numéros du métronome auxquels ont lieu les N battements pour chaque oscillation du pendule, de manière à produire les nombres de degrés considérés, savoir :

$$B' = NX \quad \text{et} \quad B'_1 = NX_1;$$

on aura définitivement

$$X_1 - X = \frac{30\,p}{N}\,\Delta\frac{d}{D}.$$

Exemple. — Pour le *si*, $p = 4$, $N = 4$, $\Delta = -1,116$:

$$X_1 - X = -33,48\frac{d}{D},$$

ou, en mettant pour $\frac{1}{D} = \frac{1}{880}$ sa valeur 0,0013636 (§ IV),

$$X_1 - X = -0,0380\,d.$$

Cette méthode est indépendante du nombre des tuyaux *auxiliaires* employés ; elle n'exige que la considération des deux derniers. Ainsi elle est applicable au mi_1^b, auquel on arrive en partant du LA et passant par le fa_2 et le si_1^b. On a pour cela

$$X_1 - X = \frac{-30.3}{3}\,3,525\frac{d}{D} = -105,75\frac{d}{D} = -0,1202.d$$

On peut ainsi former le tableau suivant, dans lequel nous sommes obligé d'omettre les trois cas du *mi*, du *sol* et du *sol**, attendu que, dans l'accord de ces trois notes, on n'emploie aucun tuyau auxiliaire. On a donc, en définitive :

	$X_1 - X =$
pour le *si*	$-\ 0{,}0380\, d$,
*ut**	$+\ 0{,}2976\, d$,
ré	$+\ 0{,}0169\, d$,
*fa**	$+\ 0{,}2269\, d$,
*ut**	$+\ 0{,}2976\, d$,
mi^b	$-\ 0{,}1202\, d$,
si^b	$-\ 0{,}1621\, d$,
ut	$-\ 0{,}1079\, d$,
fa	$-\ 0{,}0945\, d$.

Donc, si l'on prenait l'une pour l'autre les quantités X_1 et X, il en résulterait : 1° dans les numéros du métronome, l'erreur $X_1 - X$; 2° dans le nombre des battements par minute, $(X_1 - X)\, N$; 3° dans le nombre de pulsations (pendant le même temps) du tuyau à accorder, l'erreur $(X_1 - X)\frac{N}{p}$; et 4° enfin, dans le nombre de vibrations par seconde, $(X_1 - X)\frac{N}{30\,p} = \Delta\frac{d}{D}$.

On peut ainsi former le tableau suivant, que nous compléterons en y joignant les trois cas du *mi*, du *sol* et du *sol**, pour lesquels il n'y a point ici de difficulté, puisque, pour ces trois notes, le nombre des vibrations croît proportionnellement au diapason. On a donc :

	$\Delta =$	$\frac{\Delta}{D}\, d =$
pour le *si*	$-\ 1{,}116$	$-\ 0{,}001268\, d$,
mi	$-\ 0{,}745$	$-\ 0{,}000847\, d$,
*ut**	$+\ 4{,}365$	$+\ 0{,}004960\, d$,
ré	$+\ 0{,}662$	$+\ 0{,}000752\, d$,
*fa**	$+\ 6{,}656$	$+\ 0{,}007564\, d$,
sol	$+\ 1{,}769$	$+\ 0{,}002010\, d$,
*ut**	$+\ 4{,}365$	$+\ 0{,}004960\, d$,
*sol**	$+\ 5{,}609$	$+\ 0{,}006374\, d$,
mi^b	$-\ 3{,}525$	$-\ 0{,}004006\, d$,
si^b	$-\ 3{,}169$	$-\ 0{,}003601\, d$,
ut	$-\ 4{,}749$	$-\ 0{,}005397\, d$,
fa	$-\ 5{,}544$	$-\ 0{,}006300\, d$.

Ces résultats étant identiques à ceux que l'on a obtenus par la première méthode, on peut maintenant compter sur leur exactitude.

On peut accorder *d'après l'octave normale*, par des battements, l'instrument tout entier (sauf 4 demi-tons).

Voici le tableau de l'accord complet pour le cas du LA de 880 vibrations. (*Voyez* le tableau n° XI.)

Le principe de formation de ce tableau est fort simple.

Pour accorder ut_3 d'après mi_1, observons qu'il s'agit d'un intervalle de *dix-septième*, représenté par le rapport de 5 : 1 en consonnance exacte ; mais au diapason de 880 vibrations, mi_1 ayant 659,26 vibrations, ut_3 doit en avoir 130,81 d'après le tempérament, tandis qu'il en aurait 131,85 en consonnance exacte; différence : 1,04 vibrations ou 0,52 pulsations. Multipliant par 5, on a 2,6 battements par seconde c'est-à-dire au n° 60, ce qui fait 156 degrés, ou 2 battements au n° 78.

Si le diapason est différent de 880 vibrations, la différence des nombres de battements variera proportionnellement à celle des diapasons. Ainsi, généralement, les numéros fixés par le tableau varieront, pour chaque vibration, de $\frac{1}{880}$ de leur valeur. Or, le maximum de la différence des diapasons étant supposé de 40 vibrations, il s'ensuit que les numéros du métronome pourraient éprouver une variation maximum de $\frac{40}{880}$ ou $\frac{1}{22}$, en plus ou en moins, de leur valeur.

Scheibler s'avance donc un peu trop lorsqu'il affirme que l'on peut se servir du tableau n° X, même pour tout autre cas que celui du diapason de 880 vibrations ; car de cette pratique il pourrait résulter une erreur de plus de 4 unités sur le numéro du métronome. Mais c'est encore un de ces faits que Scheibler n'aura pas eu l'occasion de vérifier, parce qu'il opérait sur un diapason constant de 880 vibrations ; c'est une confirmation de la remarque que nous avons faite plus haut (page 50).

§ IX. — *Détermination de la hauteur de l'orgue.*

Les savants physiciens allemands, à leur réunion à Stuttgard en 1834, ont décidé que le LA normal serait de 880 vibrations, ou 6600 degrés de pendule.

En multipliant par $\frac{6}{5}$ pour avoir l'ut_1 géométrique, on trouve 1056, qui, baissé de 5 octaves, donne 33 vibrations pour l'ut_6 ou *ut* le plus grave. Dans le tempérament égal, il faut un peu baisser, ce qui rapproche cet ut_5 de 32 vibrations.

Ces nombres sont adoptés à cause de leur commodité, de même que l'on adopte 1024 pieds pour la vitesse du son, quand on n'a pas besoin d'une grande exactitude.

L'auteur donne à ce sujet les observations qu'il a faites sur les nombres absolus de vibrations correspondant à divers diapasons, pris, dit-il, aux meilleures sources, savoir :

	NOMBRE de vibrations par seconde.	DEGRÉS.
A Vienne, du professeur Blahetka.	881,4	6608
" Streicher, facteur de pianos...	886	6645
" divers { depuis	890	6675
" divers { jusqu'à	866	6495
A Berlin, de toute première source.	883,25	6623
A Paris, Conservatoire et Ital., par M. Gand.	869,9	6517
" Académie de Musique, M. Petitbout.	867,5	6502
" *id.* un plus ancien, M. Petitbout.	853,5	6398
" M. Gand.	870,1	6525
J'ajoute ici 1° le diapason de M. Wolfel (page 39).	886,5	6649
2° Celui du théâtre de Lille, d'après M. Delezenne.	879,29	"

Ces préliminaires posés, passons à la détermination du ton de l'orgue.

Nous avons supposé jusqu'ici que l'on accordait l'orgue sur le diapason normal de 880 vibrations, ou au moins sur un diapason connu. Mais si l'on ne connaît pas le ton sur lequel est déjà monté l'instrument, et que l'on veuille le maintenir quel qu'il soit, alors il faut commencer par le déterminer.

Le moyen le plus simple serait de le comparer à des fourchettes connues et faites exprès.

Scheibler en avait de trois espèces :

N° 1, LA normal (ci-dessus) de 880 vibrations,
N° 2, ... de 860,
N° 3, ... de 840.

Le *la* dont on veut connaître la hauteur doit faire des battements mesurables avec l'un ou l'autre de ces trois *la*. Supposons qu'il soit plus bas que le n° 2, de manière à faire avec lui. . . . . 3 battements au n° 64 ;
ce sera la même chose que. . 3,2. . . . . au n° 60 ;
d'où 6,4 vibrations de différence, et par conséquent 853,6 pour le *la* inconnu.

Mais on peut trouver la hauteur de l'instrument par l'instrument même.

Il suffit pour cela d'accorder, dans l'octave grave ut_3—ut_2, deux tons géométriques (*voyez* ci-dessus § VII), et de mesurer par le métronome la distance de l'un à l'autre. On en déduit facilement la valeur d'un *la* quelconque.

Pour se procurer ces tons géométriques, il faut établir un ton auxiliaire ; et, pour cet objet, c'est le la_2 qui convient le mieux.

Si l'on descend ce la_2 de façon qu'il fasse avec LA, 2 battements au n° 80, il se trouvera trop bas de $\frac{4}{3}$ de vibration, quelle que fût d'ailleurs la hauteur primitive (1).

Ce la_2 auxiliaire est convenable pour établir les tons géométriques; et, comme on peut facilement le vérifier, il doit faire avec

				Vérification.	
ut_3...... 2	battements au n° 60	$\frac{la}{ut} = \frac{5}{3}$		$\frac{2}{3} \times 3 = 2$	
ut^*_3..... 4	*id*........ 50	$\frac{la}{ut^*} = \frac{8}{5}$		$\frac{2}{3} \times 5 = \frac{10}{3}$	$\times 60 = 200$
$ré_3$...... 1	*id*.......... 80	$\frac{la}{ré} = \frac{3}{2}$		$\frac{2}{3} \times 2 = \frac{4}{3}$	$\times 60 = 80$
mi_3..... 2	*id*.......... 60	$\frac{la}{mi} = \frac{4}{3}$		$\frac{2}{3} \times 3 = 2$	
fa_3..... 2	*id*.......... 80	$\frac{la}{fa} = \frac{5}{4}$		$\frac{2}{3} \times 4 = \frac{8}{3}$	$\times 60 = 160$
fa^*_3..... 4	*id*.......... 50	$\frac{la}{fa^*} = \frac{6}{5}$		$\frac{2}{3} \times 5 = \frac{10}{3}$	$\times 60 = 200$

(Il faut faire bien attention que le la_2 auxiliaire d'après lequel on opère, étant plus bas que le la_2 vrai, il s'ensuit, réciproquement, que les tons géométriques doivent être plus hauts que leur rapport au la_2 ne l'exigerait.)

On peut trouver, dit Scheibler, jusqu'à quinze manières de mesurer les distances des tons géométriques exigés ci-dessus; voici les plus commodes. (*Voyez* le tableau n° XII.)

(On doit comprendre que les extrêmes sont évalués géométriquement, tandis que les intermédiaires sont pris dans l'orgue tels qu'ils se trouvent.)

Au moyen de ces tons géométriques, on parvient facilement à mesurer la hauteur d'un *la* quelconque. Prenons pour exemple le premier cas, celui où l'on veut mesurer la distance $ré_3 - fa^*_3$. Dans l'octave $ut_3 - ut_2$, chaque demi-ton fait des battements comptables avec ses voisins (4 battements du n° 50 au n° 84) (2). Alors, si le tempé-

---

(1) En effet, $\frac{LA}{la_2} = \frac{4}{1}$, et $2.80 : 4 = 40$ pulsations par minute, ou $\frac{4}{6}$ de vibration par seconde.

(2) L'octave $ut_2 - ut_1$, au contraire, ne peut conduire à la mesure du LA que par la différence d'ut_3 à ut^*_2. Pour établir ces tons mathématiquement,

rament de *ré*$^{*}_{3}$, *mi*$_3$, *fa*$_3$ est passable, on trouvera (*voyez* § VI) :

de...... *ré* à *ré**	environ le nº 66	pour 4 battements,
*ré** — *mi*.	70	
mi — *fa*.	74	
fa — *fa**	65	
Somme en degrés. . .	275	

Ce nombre 275 étant le *quart* de la valeur du *ré*$_3$ (1), en le multipliant par 3 on a pour le *la*$_3$ ou *la* le plus grave, le nombre 825 ; puis $825 \times 8 = 6600° = 880$ vibrations pour le LA.

Le résultat indique laquelle des colonnes du tableau nº IX il faut employer : les procédés sont toujours les mêmes ; seulement on trouve des chiffres d'autant plus élevés, que l'instrument l'est lui-même.

Si, au lieu d'accorder le *la*$_2$ auxiliaire d'après le LA de l'orgue, à 2 battements plus bas au nº 80, on l'accorde d'après un LA inconnu d'une fourchette donnée, on apprend par les mêmes procédés à connaître la hauteur de cette fourchette ; et, d'après elle, on peut en accorder une autre aux vibrations voulues, en ajoutant ou retranchant, pour chaque vibration, $7°\frac{1}{2}$ de pendule : en sorte qu'ayant trouvé, par exemple, un certain LA de 6525° (870 vibrations), il faudrait faire un autre LA plus haut de 4 battements au nº 75, pour avoir le LA normal d'Allemagne, puisque $6525 + 75 = 6600° = 880$ vibrations.

La recherche de la hauteur du LA exige l'exactitude la

---

il faut descendre le *la*$_1$ de manière qu'il fasse avec LA un battement au nº 80 : il aura alors $439\frac{1}{5}$ vibrations. Avec ce *la*$_1$ auxiliaire, *ut*$_2$ doit faire 4 battements au nº 30 (en montant), *ut*$^{*}_{2}$ doit faire 4 battements au nº 50, et alors ils ont respectivement 264 et 275 vibrations ; différence = 11, laquelle, multipliée par 20, donne *la*$_1$ et celui-ci par 4 donne le LA cherché.

(1) Cette partie de la question revient à ceci : *Étant donnés la somme de deux nombres et leur rapport, déterminer ces deux nombres*

plus rigoureuse et un métronome parfait, puisque les résultats doivent être multipliés par d'assez grands nombres (de 20 à 80).

§ X. — *Observations générales.*

Scheibler fait, sur l'emploi des fourchettes, les remarques suivantes que nous croyons utile de reproduire :

« Les fourchettes avec lesquelles on fait les expériences » doivent sonner pendant une minute. On en prolonge le » son en les vissant sur une cheville de bois de 5 pouces de » hauteur (voyez *Pl. I, fig.* 1).

» Au gros bout de cette cheville est adapté un pas de » vis dans un écrou en cuivre (*fig.* 2).

» Sur le manche de la fourchette est vissé très-solidement » un manche en bois, afin que, dans les expériences, on » puisse toujours *se dispenser de toucher la fourchette* » *elle-même*, c'est-à-dire la partie métallique (*fig.* 3).

» Après avoir vissé la fourchette sur la cheville, on » plante l'ensemble dans de petits trous sur une table » d'harmonie. On frappe les fourchettes avec une ba- » guette en baleine dont un bout est garni d'une vingtaine » de rondelles de drap serrées entre deux rondelles plus » petites en cuivre.

» Si l'on tient à la main les branches d'une fourchette » pendant une minute, continue-t-il, le métal s'échauffe, » et *il lui faut environ quinze jours* pour revenir à la même » température qu'elle avait auparavant, et pour faire les » mêmes battements. Aussi *ne faut-il pas faire deux expé-* » *riences le même jour avec la même fourchette.*

» Vingt degrés du thermomètre de Réaumur, dit-il » ensuite, font descendre mon LA diapason de 17°,8 de » pendule, et mon la_1 inférieur, de 7°,50 ; ce qui fait, pour » 1 degré de Réaumur, sur le LA diapason, 0°,89 de perte, » et sur le la_1 inférieur, 0°,375.

» *Comme on distingue la vitesse du* n° 60 *de celle du*

» n° 60, 1, *on distingue donc, au* LA, $\frac{1}{674}$, *et au* la_1, $\frac{1}{1000}$ *de* » *degré de Réaumur.* »

Ceci est évidemment *une erreur;* il faut diviser 0,1 par 0,89 et par 0,375 pour avoir les nombres de degrés de chaleur correspondant à 0,1 degré de pendule sur chacune des deux fourchettes, ce qui donne approximativement $\frac{1}{9}$ pour le LA diapason, et $\frac{1}{4}$ pour le la_1 inférieur (1).

Quoi qu'il en soit, l'idée de faire servir le ton de la fourchette à évaluer sa température n'en est pas moins digne de remarque.

L'inventeur avait si bien senti la nécessité de soustraire ses fourchettes à l'influence de la température, qu'il avait soin, à ce que nous a assuré M. Newcom, de les tenir constamment plongées dans le mercure hors du temps des expériences.

Au reste, c'est sans doute la considération de ce moyen d'évaluer la température par les vibrations, qui fit dire à Savart que les expériences de Scheibler avaient peut-être une plus haute portée que celui-ci ne le soupçonnait.

« Faute de loisir, poursuit l'auteur, ces expériences n'ont » pas été assez multipliées pour que j'en pusse déduire une » loi générale; et le poids des fourchettes n'a pas non plus » été pris en considération. »

Quant au métronome, Scheibler pense qu'on fera les premières expériences avec un métronome en bois. « Il » faut alors le régler de manière que le n° 60 fasse bien » exactement 60 mouvements par minute. Si cette condi- » tion n'est pas bien remplie, il faut ajouter un peu de cire » d'Espagne, en haut si le pendule marche trop vite, en » bas s'il retarde. Quand il y a trop de cire, on en ôte avec » la lime.

» Pour bien accorder, il faut se donner le temps. Les bat-

---

(1) L'auteur, pour arriver à l'absurde conséquence qu'il énonce, a divisé par 601 les fractions 0,89 et 0,375.

» tements doivent conserver, pendant 30 secondes au » moins, le *tempo* qu'indique le métronome.

» Quand les battements d'un ton sont déjà assez justes, on » fera bien de dire 1 au moment où l'un d'eux tombe juste » sur le point où le pendule retourne, et de fermer les yeux » en continuant à compter. Si, au lieu de compter comme » auparavant : 1, 2. . ., 1, 2. . ., on continue en comptant » 1, 2, 3, 4..., 1, 2, 3, 4..., etc., ou si, au lieu de 1, 2, » 3, 4. . ., 1, 2, 3, 4. . ., on continue par 1, 2, 3, 4, » 5, 6, 7, 8. . ., on doit trouver le pendule, en ouvrant » les yeux après quelque temps, au moment où l'on dit 1, » exactement sur la même place où on l'avait vu en les fer- » mant. On distingue bien facilement, par ce moyen, si » les mouvements du métronome sont bien d'accord avec les » battements, ou s'il faut corriger ceux-ci.

» Quand les yeux sont constamment fixés sur le pendule, » *il entraîne*, dit-il (1).

» Les registres qui donnent les battements les plus cor- » rects sont les registres *principal* de 8 et de 4 pieds. Il faut » se servir du premier, qui descend jusqu'en ut_8, pour me- » surer le LA, et du dernier, pour accorder l'octave normale » LA — la_1 d'après la Table. On fera attention de ne pas » accorder l'octave la^1 — LA, mais bien LA — la_1, et de » ne pas se laisser tromper par le clavier qui est d'une oc- » tave trop bas au registre de 4 pieds.

» Les grands tuyaux étant assez difficiles à accorder, » continue-t-il, j'ai fait appliquer sur plusieurs orgues une » mécanique très-commode, et que je puis recommander » pour l'octave normale, ou du moins pour les tons auxi- » liaires. (15 tons, dit-il, m'ont coûté 8 francs.)

» On fait raccourcir les tuyaux d'environ 2 lignes, ce » qui les rend plus hauts (c'est-à-dire ce qui élève leur ton).

---

(1) M. Wolfel, pour se mettre à l'abri de la variation des amplitudes, préfère avec raison prendre pour repère une ligne verticale devant laquelle il place son métronome.

» A l'ouverture d'en haut on applique un anneau *a* » (*fig.* 4), plat, en noyer, large de 3 à 4 lignes sur 2 à 2 $\frac{1}{2}$ » d'épaisseur.

» Sur cet anneau se trouve attaché par un clou d'épin- » gle *b*, et pivotant sur lui, une demi-lune ou croissant *c*, » dont la courbe intérieure est pareille au cercle intérieur » de l'anneau.

» Le bout *d* du croissant est une courbe que l'on obtient » en la décrivant du centre *b*. On garnit le haut de ce » bout *d* d'un petit morceau de cuir élastique *e*.

» *f* est un bout saillant de l'anneau, auquel doit être » collé le montant *g*, qui est traversé par la cheville *h*.

» Cette cheville, en gros fil de cuivre avec une tête en » bois, fait mouvoir le croissant, en sorte que, par son » moyen, on baisse ou hausse le ton à volonté avec une » très-grande précision.

» Le fil de cuivre de la cheville est cannelé (taraudé) par » un ciseau à dents fines, dont les tourneurs se servent pour » faire des vis.

» L'orgue est très-sensible à la chaleur et au froid. De » plus, les tuyaux des différents registres étant, partie en » métal, partie en bois, la température n'y influe pas uni- » formément; d'où résulte la nécessité de les accorder au » moins une fois pour l'hiver et une fois pour l'été. »

Tableau n° I. — *Solution de la première question.*

NUMÉRO d'ordre.	NATURE de la consonnance.	RAPPORT.	PULSATIONS en plus ou en moins pour 1 battement.		BATTEMENTS en plus ou en moins pour 1 pulsation.	
			Corde aiguë.	Corde grave.	Corde aiguë.	Corde grave.
1	Unisson.........	1 : 1	1	1	1	1
2	Octave...........	2 : 1	1	$\frac{1}{2}$	1	2
3	Double octave.....	4 : 1	1	$\frac{1}{4}$	1	4
4	Quinte...........	3 : 2	$\frac{1}{2}$	$\frac{1}{3}$	2	3
5	Quarte...........	4 : 3	$\frac{1}{3}$	$\frac{1}{4}$	3	4
6	Tierce majeure....	5 : 4	$\frac{1}{4}$	$\frac{1}{5}$	4	5
7	Tierce mineure...	6 : 5	$\frac{1}{5}$	$\frac{1}{6}$	5	6
8	Sixte majeure.....	5 : 3	$\frac{1}{3}$	$\frac{1}{5}$	3	5
9	Sixte mineure.....	8 : 5	$\frac{1}{5}$	$\frac{1}{8}$	5	8
10	Douzième........	3 : 1	1	$\frac{1}{3}$	1	3
11	Dixième..........	5 : 2	$\frac{1}{2}$	$\frac{1}{5}$	2	5
12	Dix-septième.....	5 : 1	1	$\frac{1}{5}$	1	5

Tableau n° II. — *Solution de la deuxième question.*

ut	*ut**	*ré*	*mi*	*fa*	*fa**
de		de		de	
264	275	293	330	352	367
pulsations,					
tierce mineure	tierce majeure	quarte	quinte	sixte mineure	sixte majeure
(à l'aigu) du *la* de 220 pulsations, dans le rapport de					
6 : 5	5 : 4	4 : 3	3 : 2	8 : 5	5 : 3
doit être altéré de					
$\frac{1}{5}$	$\frac{1}{4}$	$\frac{1}{3}$	$\frac{1}{2}$	$\frac{1}{5}$	$\frac{1}{3}$
de pulsation pour faire avec ce *la* 1 battement par seconde; et alors, comparé au *la* de 440 pulsations qui en est à la					
sixte majeure	sixte mineure	quinte	quarte	tierce majeure	tierce mineure
(à l'aigu) dans le rapport de					
5 : 3	8 : 5	3 : 2	4 : 3	5 : 4	6 : 5
il fait avec lui					
1	2	1	2	1	2
battements par seconde.					

Tableau n° III. — *Battements que fait avec les notes de la gamme tempérée, un* la *auxiliaire de* $442\frac{2}{3}$ *vibrations.*

NOM du tuyau.	NOMBRE de vibrations du tuyau.	NATURE de la consonnance.	Montante ou descend^t.	NOMBRE de vibrations de la consonnance exacte.	DIFFÉRENCE	RAPPORT de la consonnance	COEFFICIENT de la consonnance.	PRODUIT ou nombre de battements au n° 60.	NOMBRE de battements.	NUMÉROS du métronome (a)	NUMÉROS DU MÉTRONOME lorsque (b) le diapason est de 840 vibrations	(b) le diapason est de 920 vibrations.	(c) le *la* auxiliaire a $\frac{4}{15}$ de vibrations de moins ou de plus.
la_1	440,000	Unisson.	"	$442\frac{2}{3}$	$-2\frac{2}{3}$	1	$\frac{1}{2}$	$-\frac{4}{3}$	1	− 80,00	− 80,00	− 80,00	− 80,00 ∓ 8
LA	880,000	Octave.	M	$885\frac{1}{3}$	$-5\frac{1}{3}$	2	$\frac{1}{2}$	$-\frac{8}{3}$	2	− 80,00	− 80,00	− 80,00	− 80,00 ∓ 8
la_2	220,000	Octave.	D	$221\frac{1}{3}$	$-1\frac{1}{3}$	$\frac{1}{2}$	1	$-\frac{4}{3}$	1	− 80,00	− 80,00	− 80,00	− 80,00 ∓ 8
la^1	1760,000	Double octave.	M	$1770\frac{2}{3}$	$-10\frac{2}{3}$	4	$\frac{1}{2}$	$-\frac{16}{3}$	4	− 80,00	− 80,00	− 80,00	− 80,00 ∓ 8
mi_1	659,255	Quinte.	M	664,000	− 4,745	$\frac{3}{2}$	1	− 4,745	4	− 71,18	− 70,67	− 71,69	− 71,18 ∓ 6
$ré_1$	587,329	Quarte.	M	590,222	− 2,893	$\frac{4}{3}$	$\frac{3}{2}$	− 4,339	4	− 65,09	− 65,77	− 64,41	− 65,09 ∓ 8
ut_1	554,365	Tierce majeure.	M	553,333	+ 1,032	$\frac{5}{4}$	2	+ 2,064	2	+ 61,93	+ 50,03	+ 73,83	+ 61,93 ± 20
fa^*_2	369,994	Tierce mineure.	D	368,889	+ 1,105	$\frac{5}{6}$	3	+ 3,316	4	+ 49,74	+ 42,93	+ 56,55	+ 49,74 ± 10
fa^*_1	739,989	Sixte majeure.	M	737,778	+ 2,211	$\frac{5}{3}$	$\frac{3}{2}$	+ 3,316	4	+ 49,74	+ 42,93	+ 56,55	+ 49,74 ± 10
ut^*_2	277,183	Sixte mineure.	D	276,667	+ 0,516	$\frac{5}{8}$	4	+ 2,064	2	+ 61,93	+ 50,03	+ 73,83	+ 61,93 ± 20
mi^1	1318,510	Douzième.	M	1328,000	− 9,491	3	$\frac{1}{2}$	− 4,745	4	− 71,18	− 70,67	− 71,69	− 71,18 ∓ 6
ut^{*1}	1108,731	Dixième.	M	1106,667	+ 2,064	$\frac{5}{2}$	1	+ 2,064	2	+ 61,93	+ 50,03	+ 73,83	+ 61,93 ± 20
ut^{*2}	2217,462	Dix-septième.	M	2213,333	+ 4,129	5	$\frac{1}{2}$	+ 2,064	2	+ 61,93	+ 50,03	+ 73,83	+ 61,93 ± 20

Tableau n° IV. — *Rapports mutuels des* 12 *demi-tons de l'échelle tempérée.* — Exemple : *De combien de vibrations ou de pulsations est le* 5[e] *demi-ton* ré, *si le* la *est de* 440 ? — Réponse : 533,9 + 53,4 = 587,3.

		1	2	3	4	5	6	7	8	9
la..................	0	100000	200000	300000	400000	500000	600000	700000	800000	900000
si[b]................	1	105946	211893	317839	423785	529732	635678	741624	847570	953517
si..................	2	112246	224492	336739	448985	561231	673477	785723	897970	1010216
ut..................	3	118921	237841	356762	475683	594604	713524	832445	951366	1070286
*ut**................	4	125992	251984	377976	503968	629961	755953	881945	1007937	1133929
ré..................	5	133484	266968	400452	533936	667420	800904	943388	1067872	1201356
mi[b]................	6	141421	282843	424264	565685	707107	848528	989949	1131371	1272792
mi..................	7	149831	299661	449492	599323	749154	898984	1048815	1198646	1348476
fa..................	8	158740	317480	476220	634960	793701	952441	1111181	1269921	1428664
*fa**................	9	168179	336359	504538	672717	840896	1009076	1177255	1345434	1513613
sol.................	10	178180	356360	534539	712719	890899	1069079	1247258	1425438	1603618
la[b]................	11	188775	377550	566325	755099	943874	1132649	1321424	1510199	1698974
la..................	12	200000	400000	600000	800000	1000000	1200000	1400000	1600000	1800000

Tableau n° V.

Échelles de tempérament égal.

mi$_1$ auxiliaire.	630,900	660,900	690,900	*mi*$_1$ auxiliaire.
la$_1$	422,667	442,667	462,667	*la*$_1$
fa$_2$	334,933	350,933	366,933	*fa*$_2$
si$^b_1$	443,911	465,244	486,578	*si*$^b_1$
la$_1$	420,000	440,000	460,000	*la*$_1$
si^b	444,975	466,164	487,353	*si*^{b}
si	471,435	493,884	516,332	*si*
ut	499,467	523,251	547,035	*ut*
ut*	529,167	554,365	579,564	*ut**
ré	560,633	587,329	614,027	*ré*
mi^b	593,968	622,253	650,539	*mi*^{b}
mi	629,289	659,255	689,221	*mi*
fa	666,708	698,456	730,205	*fa*
fa*	706,353	739,989	773,625	*fa**
sol	748,355	783,991	819,627	*sol*
sol*	792,855	830,609	868,364	*la*^{b}
LA	840,000	880,000	920,000	LA
ut^{*1}	1058,333	1108,731	1159,126	*ut*^{*1}
ut^{*2}	2116,665	2217,461	2318,253	*ut*^{*2}
ut$^*_2$	264,584	277,183	289,783	*ut*$^*_2$
mi^1	1258,576	1318,512	1378,443	*mi*^{1}

Tableau n° VI.

Tableau comparatif de la gamme géométrique avec la gamme tempérée, pour le diapason normal.

NOTE.	VALEUR GÉOMÉTR.	VALEUR TEMPÉRÉE.	DIFFÉRENCE.
la $= \frac{1}{2}$ LA........	440,000	440,000	0,000
si^b $= \frac{8}{15}$............	469,333	466,164	— 3,169
si $= \frac{9}{16}$............	495,000	493,884	— 1,116
ut $= \frac{3}{5}$............	528,000	523,251	— 4,749
ut * $= \frac{5}{8}$............	550,000	554,365	+ 4,365
ré $= \frac{2}{3}$............	586,667	587,329	+ 0,662
mi^b $= \frac{32}{45}$............	625,778	622,253	— 3,525
mi $= \frac{3}{4}$............	660,000	659,255	— 0,745
fa $= \frac{4}{5}$............	704,000	698,456	— 5,544
fa * $= \frac{5}{6}$............	733,333	739,989	+ 6,656
sol $= \frac{8}{9}$............	782,222	783,991	+ 1,769
la^b $= \frac{15}{16}$............	825,000	830,609	+ 5,609
la = 1............	880,000	880,000	0,000
mi auxiliaire........	660,000	660,900	+ 0,900
mi $\times \frac{3}{4}$............	495,000	495,675	+ 0,675
la auxiliaire.........	440,000	442,667	+ 2,667
la $\times \frac{5}{4}$............	550,000	553,333	+ 3,333
la $\times \frac{4}{3}$............	586,667	590,222	+ 3,556
la $\times \frac{5}{3}$............	733,333	737,778	+ 4,444
la $\times \frac{5}{2}$............	1100,000	1106,667	+ 6,667
fa auxiliaire........	352,000	350,933	— 1,067
fa $\times \frac{4}{3}$............	469,333	467,911	— 1,422
fa $\times \frac{3}{2}$............	528,000	526,400	— 1,600
fa $\times \frac{2}{1}$............	704,000	701,867	— 2,133
fa $\times \frac{5}{4}$............	440,000	438,667	— 1,333
si^b auxiliaire.........	469,333	465,244	— 4,089
si^b $\times \frac{4}{3}$............	625,778	620,326	— 5,452

Tableau n° VII. — *Accord géométrique de l'orgue.*

NUMÉRO d'ordre.	VALEUR du rapport $\frac{X_1}{n_1}$.	TUYAU à accorder, et rapport au tuyau fondamental.	NOMBRE de battements.	VALEURS des notes de la gamme géométrique.
1	—	$mi_1 = \frac{3}{4}$ LA	$-X_1 = 40$	"
2	$\frac{X_1}{n_1} = \frac{40}{4} = 10$	$si_1 = \frac{3}{4}\ mi_1$	$10.3 = 30$	$si = \frac{9}{8}\ la_1 = \frac{9}{16}$ LA
3		$sol^{*}_1 = \frac{5}{4}\ mi_1$	$10.5 = 50$	$sol^{*} = \frac{15}{8}\ la_1 = \frac{15}{16}$ LA
4	—	$la_1 = \frac{1}{2}$ LA	$-X_1 = 20$	"
5	$\frac{X_1}{n_1} = \frac{20}{2} = 10$	$ut^{*}_1 = \frac{5}{4}\ la_1$	$10.5 = 50$	$ut^{*} = \frac{5}{4}\ la_1 = \frac{5}{8}$ LA
6		$ré_1 = \frac{4}{3}\ la_1$	$10.4 = 40$	$ré = \frac{4}{3}\ la_1 = \frac{2}{3}$ LA
7		$mi_1 = \frac{3}{2}\ la_1$	$10.3 = 30$	$mi = \frac{3}{2}\ la_1 = \frac{3}{4}$ LA
8		$fa^{*}_1 = \frac{5}{3}\ la_1$	$10.5 = 50$	$fa^{*} = \frac{5}{3}\ la_1 = \frac{5}{6}$ LA
9	—	$si^{b}_1 = \frac{4}{5}\ ré_1$	$-X_1 = 50$	"
10	$\frac{X_1}{n_1} = \frac{50}{5} = 10$	$mi^{b}_1 = \frac{4}{3}\ si^{b}_1$	$10.4 = 40$	$mi^{b} = \frac{64}{45}\ la_1 = \frac{32}{45}$ LA
11		$sol_1 = \frac{5}{3}\ si^{b}_1$	$10.5 = 50$	$sol = \frac{16}{9}\ la_1 = \frac{8}{9}$ LA
12	—	$fa_2 = \frac{2}{5}$ LA	$-X_1 = 60$	"
13	$\frac{X_1}{n_1} = \frac{60}{5} = 12$	$la_1 = \frac{5}{4}\ fa_2$	$12.5 = 60$	$la = la_1 = \frac{1}{2}$ LA
14		$si^{b}_1 = \frac{4}{3}\ fa_2$	$12.4 = 48$	$si^{b} = \frac{16}{15}\ la_1 = \frac{8}{15}$ LA
15		$ut_1 = \frac{3}{2}\ fa_2$	$12.3 = 36$	$ut = \frac{6}{5}\ la_1 = \frac{3}{5}$ LA
16		$fa_1 = \frac{2}{1}\ fa_2$	$12.2 = 24$	$fa = \frac{8}{5}\ la_1 = \frac{4}{5}$ LA

Descendez pour les quatre tuyaux auxiliaires et montez pour tous les autres.

Tableau n° VIII. — *Partition de l'accord de l'orgue pour le cas du diapason normal de 880 vibrations par seconde.*

NUMÉRO D'ORDRE.	SON NOM.	SA NATURE.	NOMBRE de vibrations du tuyau fondamental.	NATURE de la consonnance.	montant ou descendant.	VALEUR du rapport.	SON NOM.	NATURE DU TUYAU à accorder.	NATURE de la relation.	NOMBRE de vibrations de la consonnance exacte.	NOMBRE de vibrations du tuyau à accorder.	ALTÉRATION de la consonnance.	COEFFICIENT de la consonn^{ce}.	BATTEMENTS.	DEGRÉS du métronome.
1	*la*	Diapason.	880,000	Quarte.	D	$\frac{3}{4}$	*mi*	A	C	660,000	660,900	+ 0,900	4	+ 2	54,00
2	*mi*	Auxiliaire	660,900	Quarte.	D	$\frac{3}{4}$	*si*	T	F	495,675	493,884	— 1,791	4	— 4	53,73
3	*la*	Diapason.	880,000	Quarte.	D	$\frac{3}{4}$	*mi*	T	P	660,000	659,255	— 0,745	4	— 1	89,40
4	"	"	880,000	Octave.	D	$\frac{1}{2}$	*la*	A	C	440,000	442,667	+ 2,667	2	+ 2	80,00
5	*la*	Auxiliaire	442,667	Tierce maj.	M	$\frac{5}{4}$	*ut**	T	F	553,333	554,365	+ 1,032	4	+ 2	61,92
6	"	"	442,667	Quarte.	M	$\frac{4}{3}$	*ré*	T	F	590,222	587,329	— 2,893	3	— 4	65,09
7	"	"	442,667	Sixte maj.	M	$\frac{5}{3}$	*fa**	T	F	737,778	739,989	+ 2,211	3	+ 3	66,33
8	*ré*	Tempéré.	587,329	Quarte.	M	$\frac{4}{3}$	*sol*	T	P	783,105	783,991	+ 0,886	3	+ 1	79,74
9	*la*	Auxiliaire	442,667	Dix^{e} maj.	M	$\frac{5}{2}$	*ut**	T	F	1106,667	1108,731	+ 2,064	2	+ 2	61,92
10	*ut**	Tempéré.	1108,731	Quarte.	D	$\frac{3}{4}$	*sol**	T	P	831,548	830,609	— 0,939	4	— 2	56,34
11	*la*	Diapason.	880,000	Dix^{e} maj.	D	$\frac{2}{5}$	*fa*	A	C	352,000	350,933	— 1,067	5	— 2	80,00
12	*fa*	Auxiliaire	350,933	Quarte.	M	$\frac{4}{3}$	*si^{b}*	A	C	467,911	465,244	— 2,676	3	— 4	60,00
13	*si^{b}*	Auxiliaire	465,244	Quarte.	M	$\frac{4}{3}$	*mi^{b}*	T	F	620,326	622,253	+ 1,927	3	+ 3	57,81
14	*fa*	Auxiliaire	350,933	Quarte.	M	$\frac{4}{3}$	*si^{b}*	T	F	467,911	466,164	— 1,747	3	— 2	78,61
15	"	"	350,933	Quinte.	M	$\frac{3}{2}$	*ut*	T	F	526,400	523,251	— 3,149	2	— 3	62,98
16	"	"	350,933	Octave.	M	$\frac{2}{1}$	*fa*	T	F	701,867	698,456	— 3,411	1	— 2	51,16
17	"	"	350,933	Tierce maj.	M	$\frac{5}{4}$	*la*	T	C	438,667	440,000	+ 1,333	4	+ 2	80,00

EN MONTANT. — EN DESCENDANT. — NUMÉRO D'ORDRE. 1 2 3 4 5 6 7 8 9 10 11 12 13 14 15 16 17

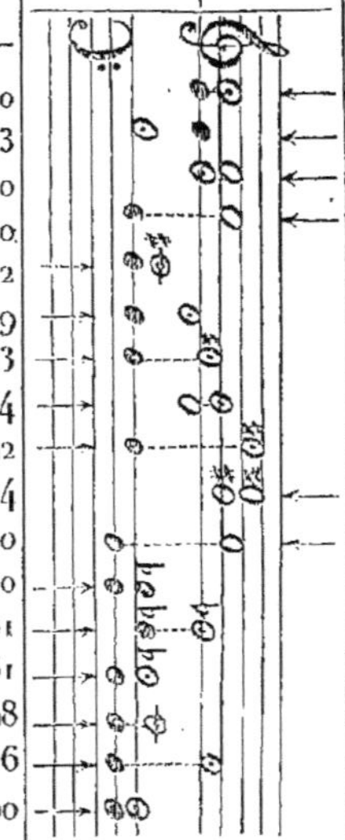

ABRÉVIATIONS. — D, descendant; M, montant. — A, auxiliaire; T, tempéré. — C, constant; P, proportionnel au diapason; F, conforme à la formule générale.

NOTA. — Les tuyaux auxiliaires sont indiqués par des notes noires; les notes accordées définitivement sont désignées par un point au centre.

Tableau n° IX. — *Table pour accorder l'orgue au tempérament égal, d'après un* la *quelconque.*

NUMÉRO.	(EN PARTAGEANT PAR MOITIÉ LA DIFFÉRENCE d'une colonne à l'autre, on en aurait 17.)	BATTE-MENTS.	Col. 4. 840 v.	Col. 3. 850 v.	Col. 2. 860 v.	Col. 1. 870 v.	LA normal 880 v.	Col. *a*. 890 v.	Col. *b*. 900 v.	Col. *c*. 910 v.	Col. *d*. 920 v.	BATTE-MENTS.	TON obtenu.
	Accordez d'après le												
1	*la* la quarte juste, puis haussez de	2	54	54	54	54	54	54	54	54	54	2	*mi* A
2	*mi* auxil. la quarte..........descendez de	4	52,2	52,6	53,0	53,4	53,7	54,1	54,5	54,9	55,3	4	*si* T
3	*la* la quarte..........descendez de	1	85,3	86,3	87,3	88,4	89,4	90,4	91,4	92,4	93,4	1	*mi* T
4	*la* l'octave..........haussez de..	2	80	80	80	80	80	80	80	80	80	2	*la* A
5	*la* auxil. la tierce majeure.....haussez de..	2	50,0	53,0	56,0	59,0	61,9	64,9	67,9	70,9	73,8	2	*ut** T
6	" la quarte...........descendez de	4	65,8	65,6	65,5	65,3	65,1	64,9	64,8	64,6	64,4	4	*ré* T
7	" la sixte majeure.....haussez de..	3	57,3	59,5	61,8	64	66,3	68,6	70,9	73,1	75,4	3	*fa** T
8	*ré* la quarte..........haussez de..	1	76,0	76,9	77,9	78,8	79,7	80,6	81,5	82,4	83,3	1	*sol* T
9	*la* auxil. la dixième..........haussez de..	2	50,0	53,0	56,0	59,0	61,9	64,9	67,9	70,9	73,8	2	*ut** T
10	*ut** la quarte..........descendez de	2	53,8	54,4	55,0	55,7	56,3	56,9	57,6	58,3	58,9	2	*sol** T
11	*la* la dixième..........descendez de	2	80	80	80	80	80	80	80	80	80	2	*fa* A
12	*fa* auxil. la quarte..........descendez de	4	60	60	60	60	60	60	60	60	60	4	*si*^{b} A
13	*si*^{b} auxil. la quarte..........haussez de..	3	62,7	61,5	60,3	59,1	57,8	56,6	55,4	54,2	53	3	*mi*^{b} T
14	*fa* auxil. la quarte..........descendez de	2	72,1	73,8	75,4	77,0	78,6	80,2	81,9	83,5	85,1	2	*si*^{b} T
15	" la quinte..........descendez de	3	58,7	59,8	60,9	61,9	63,0	64,1	65,2	66,2	67,3	3	*ut* T
16	" l'octave..........descendez de	2	47,4	48,3	49,3	50,2	51,2	52,1	53,0	54,0	54,9	2	*fa* T
17	" la tierce majeure....haussez de..	2	80	80	80	80	80	80	80	80	80	2	*la* T

Tableau n° X.

Erreur que l'on pourrait commettre en négligeant la différence des diapasons.

NUMÉRO d'ordre.	NOTE.	N	n	X' — X	$\frac{N}{30n}(X'-X)$	PRODUIT par 40.	NOMBRE de Scheibler	DIFFÉR.
14	*si*^{b}	2	3	— 0,162 *d*	— 0,0036 *d*	—0,14	— 0,15	+0,01
2	*si*	4	4	— 0,038 *d*	— 0,0013 *d*	—0,05	— 0,05	0
15	*ut*	3	2	— 0,108 *d*	— 0,0054 *d*	—0,22	— 0,21	—0,01
5	*ut**.	2	4	+ 0,298 *d*	+ 0,0050 *d*	+0,20	+ 0,05	+0,15
6	*ré*	4	3	+ 0,017 *d*	+ 0,0008 *d*	+0,03	+ 0,01	+0,02
13	*mi*^{b}	3	3	— 0,120 *d*	— 0,0040 *d*	—0,16	— 0,16	0
3	*mi*	1	4	+ 0,102 *d*	+ 0,0009 *d*	+0,03	— 0,01	+0,04
16	*fa*	2	1	— 0,094 *d*	— 0,0063 *d*	—0,25	— 0,26	+0,01
7	*fa**	3	3	+ 0,227 *d*	+ 0,0076 *d*	+0,30	+ 0,07	+0,23
8	*sol*	"	"	"	+ 0,0020 *d*	+0,08	+ 0,06	+0,02
10	*sol**	"	"	"	+ 0,0064 *d*	+0,26	+ 0,26	0

Tableau nº XI. — *Complément de l'accord d'après l'octave normale.*

ACCORDER	D'APRÈS	INTERVALLE.	BATTEMENTS.	NUMÉRO du métronome.
ut_3	mi_1	Dix-septième descende.	— 2	77,8
ut^{*}_3	fa_1		〃	82,5
$ré_3$	fa^{*}_1		〃	87,4
$mi^{\flat}_3$	sol_1		— 4	46,3
mi_3	sol^{*}_1		〃	49,0
fa_3	la_1	Dixième descendante.	— 4	52,0
fa^{*}_3	$si^{\flat}_1$		〃	55,1
sol_3	si_1		〃	58,4
sol^{*}_3	ut_1		〃	61,8
la_2	ut^{*}_1		〃	65,5
$si^{\flat}_2$	$ré_1$		〃	69,4
si_2	$ré^{*}_1$		〃	73,4
ut_2				
ut^{*}_2				
$ré_2$				
$ré^{*}_2$				
mi_2	la_1	Quarte descendante.	— ½	89,3
fa_2	$si^{\flat}_1$		— 1	47,3
fa^{*}_2	si_1		〃	50,1
sol_2	ut_1		〃	53,1
sol^{*}_2	ut^{*}_1		〃	56,2

ACCORDER	D'APRÈS	INTERVALLE.	BATTEMENTS.	NUMÉRO du métronome.
la_1				
$si^{\flat}_1$				
si_1				
ut_1				
ut^{*}_1				
$ré_1$	la_1	Quarte montante.	+ 1	59,6
$mi^{\flat}_1$	$si^{\flat}_1$		〃	63,1
mi_1	si_1		〃	66,9
fa_1	ut_1		〃	70,8
fa^{*}_1	ut^{*}_1		〃	75,9
sol_1	$ré_1$		〃	79,2
sol^{*}_1	$mi^{\flat}_1$		〃	84,3
LA	mi_1		〃	89,3
$si^{\flat 1}$	fa_1		+ 2	47,3
si^1	fa^{*}_1		〃	50,1
ut^1	sol_1		〃	53,1
ut^{*1}	sol^{*}_1		〃	56,3
$ré^1$	LA		〃	59,6
$mi^{\flat 1}$	sol^{*}_1	Quinte m^te^.	— 1	84,2
mi^1	LA		〃	88,6

ACCORDER	D'APRÈS	INTERVALLE.	BATTEMENTS.	NUMÉRO du métronome.
fa^1	$si^{\flat}_1$	Douzième montante.	— 1	47,2
fa^{*1}	si_1		〃	50,1
sol^1	ut_1		〃	53,0
sol^{*1}	ut^{*}_1		〃	56,2
la^1	$ré_1$		〃	59,5
$si^{\flat 2}$	$mi^{\flat}_1$		〃	63,2
si^2	mi_1		〃	67,0
ut^2	fa_1		〃	70,9
ut^{*2}	fa^{*}_1		〃	75,2
$ré^2$	sol_1		〃	79,6
$mi^{\flat 2}$	sol^{*}_1		〃	84,2
mi^2	LA		〃	89,3

Descendez le la_2, double octave de LA, jusqu'à ce qu'il fasse avec ce dernier — 2 battements au n° 80; puis d'après le la_2 ainsi descendu, accordez les tons suivants, d'abord juste, puis haussez. — NOTA. Les tons géométriques sont plus hauts ou plus bas que les tons tempérés correspondants, suivant qu'ils sont ici marqués $>$ ou $<$.

Manière			On aura à peu près pour 4 battements :
Première manière.	$ré_3$ juste, puis haussez à 1 battement au n° 80	$<$	du *ré* au *ré**.. n° 66
	fa^*_3 .... 4 50	$<$	*re**... *mi*... 70
	$\frac{fa^*}{ré} = \frac{5}{4}$ $\frac{fa^* - ré}{ré} = \frac{1}{4}$ $fa^* - ré = \frac{1}{4} ré_3 = \frac{1}{3} la_3$		*mi*... *fa*... 74
			fa.... *fa**.. 65
			Total...... $275 \times 3 \times \frac{8}{15} = 440$ puls.
Deuxième manière.	$ré_3$ 1 80	$<$	du *ré* au *ré**.. n° 67
	fa_3 .... 2 80	$>$	*ré**... *mi*.. 69
	$\frac{fa}{ré} = \frac{6}{5}$ $\frac{fa - ré}{ré} = \frac{1}{5}$ $fa - ré = \frac{1}{5} ré_3 = \frac{4}{15} la_3$		*mi*.... *fa*. . 84
			Total...... $220 \times \frac{15}{4} \times \frac{8}{15} = 440$ puls.
Troisième manière.	$ré_3$ 1 80	$<$	du *ré* au *ré**.. n° 67
	mi_3 .... 2 60	$>$	*ré**... *mi*... $70\frac{1}{2}$
	$\frac{mi}{ré} = \frac{9}{8}$ $\frac{mi - ré}{ré} = \frac{1}{8}$ $mi - ré = \frac{1}{8} re_3 = \frac{1}{6} la_3$		Total...... $137\frac{1}{2} \times 6 \times \frac{8}{15} = 440$ puls.
Quatrième manière.	mi_3 .... 2 60	$>$	du *mi* au *fa*.. n° $82\frac{1}{2} \times 10 \times \frac{8}{15} = 440$ puls.
	fa_3 .... 2 80	$>$	
	$\frac{fa}{mi} = \frac{16}{15}$ $\frac{fa - mi}{mi} = \frac{1}{15}$ $fa - mi = \frac{1}{15} mi_3 = \frac{1}{10} la_3$		

Imprimerie de BACHELIER, rue du Jardinet, 12.

Acoustique. — Théorie des Battements; par M. A. J. H. Vincent.

Fig. 2.

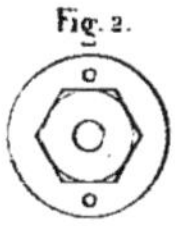

Fig. 1.

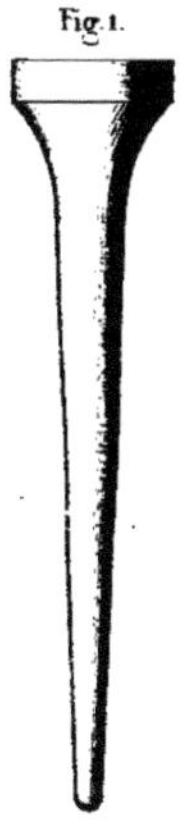

Fig. 3.

Fig. 4.

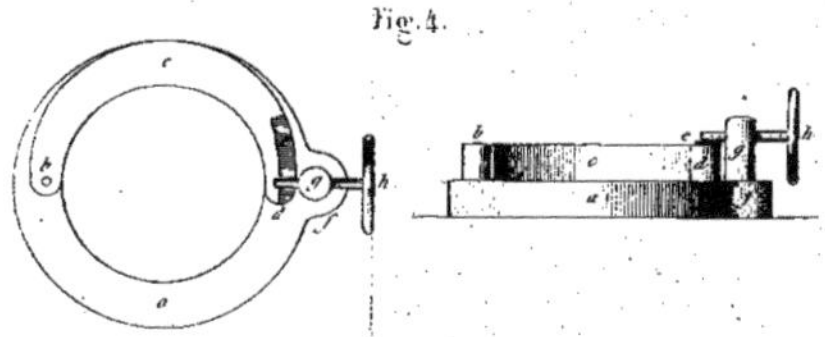

Syphon à écoulement intermittent; par M. N. Bloch.

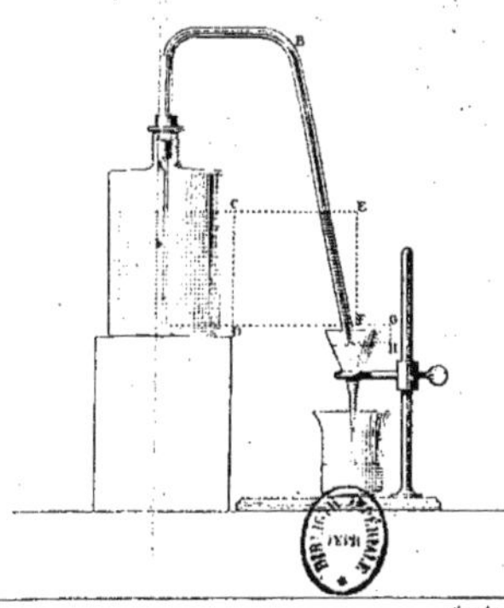

Gravé par E. Wormser.

IMPRIMERIE DE BACHELIER,
rue du Jardinet, 12.

www.ingramcontent.com/pod-product-compliance
Ingram Content Group UK Ltd.
Pitfield, Milton Keynes, MK11 3LW, UK
UKHW021111290826
14628UKWH00014B/1586

9 782014 029734